ANTOLOGÍA
DE NADA

ANTOLOGÍA
DE NADA

MIGUEL IGNACIO MIRANDA

COLECCIÓN ESCRIBIDORES

Antología de nada

© 2021, Miguel Ignacio Miranda Saucedo.

Diseño editorial y fotografía de cubierta: Miguel Ignacio Miranda.

Fotografía de solapa: María Isabel Miranda.

ISBN: En trámite.

Segunda reimpresión. Marzo 2022 ©Malix Editores.

MBN-CE-9

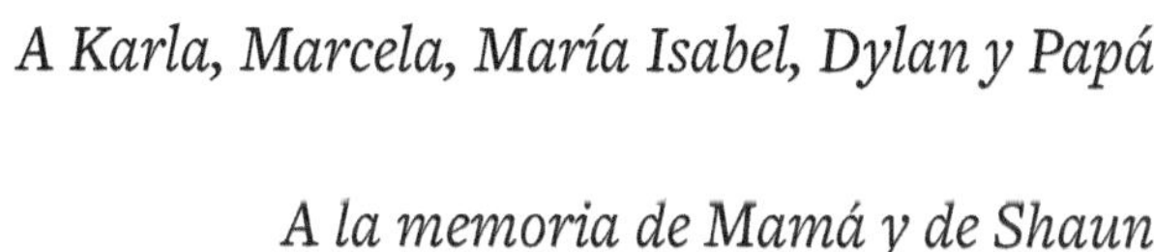

A Karla, Marcela, María Isabel, Dylan y Papá

A la memoria de Mamá y de Shaun

Índice

Antes de entrarle al chisme...
(Prologuillo agradecedor)

HEREDÉ DE MI PADRE la capacidad de construir cosas, de materializar y reparar, y de mi madre recibí el elogio de la creatividad. Ella me contaba cosas magníficas que mi mente de niño transformaba y acomodaba según mi entender. De ambos obtuve el ejemplo y me convertí en lector desde muy pequeño. Por deformación profesional me volví creativo y aunque anteriormente solía construirle finales alternativos a las novelas que leía, fue como redactor publicitario donde realmente comencé a escribir con la intención de provocar "algo" en el lector.

Este libro contiene algunos textos de mi primera época como *escribidor*, cuando hace más de diez años inicié *El blog del Zorombático*. También hay cuentos escritos durante el taller de creación literaria impartido por Miguel Ángel Meza en el 2014, pero la mayoría provienen de tiempos más actuales, desde que, en el 2018 por culpa de Mariel Turrent, fundamos Malix Editores.

Quiero expresar mi profundo agradecimiento a todos los talleristas que están o han pasado por los Talleres de Escritura Creativa Malix, ellos han sido los causantes de que yo haya tomado la escritura con un poco más de disciplina y sentido del ritmo. Agradecer especialmente a Gabriela Segura (ella me dio la idea de *Tanta vida yo te di*); Ana Luz Velarde y su título en sueco. Mis compañeros Lorena Careaga, Luis Fernando Redondo y Cecilia Carranza, cuyos comentarios me aportaron mucho, así como María Silvia Roldán y Verónica García; su entusiasmo y todas las porras con las que me han colmado siempre.

Gracias a mi querido tocayo Miguel Ángel Meza, quien me ha enseñado muchísimas cosas; además de la *escribidera*, también me abrió las puertas como reseñista en la revista *Tropo a la uña*.

Al escritor Juvenal Acosta debo agradecerle todos sus consejos; hay un cuento aquí que lo homenajea de refilón, con mucho cariño por sus enseñanzas.

Mi querida y entrañable Mariel Turrent Eggleton, mi socia en esta aventura y guardiana de mis letras, sin su motivación, cariño y consejos, este libro y otros proyectos no hubieran sucedido.

Todo mi cariño y agradecimiento a mis hermanas María Isabel y Marcela, a quienes les jalé las trenzas cuando éramos críos y a pesar de ello se mantienen solidarias y amorosas, motivando mis impulsos literarios. Gracias a mi padre querido, que siempre está conmigo, con su ejemplo y en cualquier circunstancia. Y todo mi amor a Karla, mi compañera por más de veintiún años, quién ha sido mi mejor crítica, inspiradora, editora, correctora de gazapos y el cable a tierra que siempre ha procurado mantenerme aterrizado.

Pero ante todo, gracias a ti, lector, lectora, por tener este libro entre tus manos; advierto que todo lo que leerás a partir de este momento es ficticio, pero está escrito con toda la honestidad literaria de la que pude ser capaz.

*El que tenga hormigas en el culo
que no se siente a leer, que se lleve
de excursión a sus hormigas.*

JUAN VILLORO

*Me resistía a admitir que la vida
terminara por parecerse tanto a la
mala literatura.*

GABRIEL GARCÍA MÁRQUEZ

Otro whisky, y ya van mil.

CHARLY GARCÍA

El dulce alivio

HABÍA SIDO UN VIERNES DIFÍCIL; la maestra de inglés me había llamado la atención por segunda vez y era inevitable que llamaría a mis papás para avisarles de mis indisciplinas constantes. Aunado a eso, Contreras me había ganado en el recreo en el juego que siempre jugábamos y casi siempre yo le ganaba, por lo que su venganza fue terrible, prácticamente inaguantable. Pero finalmente era la una cuarenta, podía salir franco, como supe, muchos años después, que así llamaban los militares al acto de salir del cuartel, libres de toda tarea, por un par de días acaso.

Cuando crecí y me hice mayor, adquirí las responsabilidades que la mayoría tiene: criar los propios hijos, pagar la hipoteca, la American Express, la mensualidad del carro y los gastos de la esposa, que generalmente cree que eres millonario. Pero en esos años yo tenía solamente diez veranos en el mundo y me aproximaba, para mi propia felicidad, a alcanzar mi cumpleaños once. Estaba a dos años solamente de poder entrar al cine con la frente en alto, en las películas de adolescentes y adultos; podría, por fin, ver a Sasha Montenegro completita y sin cortes; sin limitarme a ver los cartoncitos afuera del cine, con su foto enseñando una chichi apenas, con la mirada trémula en espera de Jorge Rivero.

Cuando sonó la chicharra del Instituto, me despedí de Contreras, por mera cortesía de compañero de banca, y salí corriendo despavorido, como si tuviera que entregar una bomba al borde del estallido dentro de mi pesada mochila de cuero crudo, que pesaba un catorzal, como diría la finada tía Escolástica. Alcancé a llegar al portón de la esquina de Amores y Miguel Laurent, donde un puñado de mocosos de primero me tapaban la salida. En realidad todo era una algarabía; la calle de Amores lucía los viernes como si fuera un pequeño carnaval de verano: el señor de los helados, el chicharronero de a dos pesos —cuya mercancía era devorada a hurtadillas por los chamacos antes de que llegaran sus madres a reclamar que se les espantaría el hambre a la hora de la comida—, el hacedor de laberintos de metal, quien hacía las delicias de los escuincles avezados en las ciencias y la física, pero la mayor atracción la ejercía el vendedor de peces, ranas y ajolotes de Xochimilco, quien aseguraba cada vez que vendía un batracio que era el padre legítimo de un tal Roger Bartra y que la historia así lo constataría. Aunado a todo eso, la doble fila de señoras en sus guayines esperando a sus terribles vástagos, provocaban un embotellamiento de órdago que paralizaba media Colonia del Valle.

Cuando logré salir de aquella verbena, crucé la calle de Amores toreando los carros. Mi carrera se había desvanecido y solamente caminaba lo suficientemente rápido para alejarme de la semana y del Instituto México. Alcancé el teléfono público con su burbuja color ámbar que franqueaba la esquina contraria y seguí, más calmado, caminando hacia las oficinas de la Kodak, bajo las jacarandas tupidas del verano que moría en septiembre.

Iba yo pensando en la venganza de Contreras y en la recompensa a una estúpida semana transcurrida en una estúpida escuela Marista de varones atormentados por las hormonas; quería llegar a mi casa, donde me esperaba una alberca con agua refrescante y el viernes; el día en que mi madre me consentía con comida de verdad: hamburguesas y palitos de pan. Además y por única ocasión —así decía mi madre cada viernes— podría tomar un vaso de burbujeante cocacola, un verdadero lujo para los enanos que solamente estabamos autorizados a beber limonada, o si acaso, Chaparritas de naranja. Después, en una tarde exenta de tareas, podría dedicarme a leer "Chanoc" y "Borjita", eso sí, a escondidas de mi madre, que odiaba los cómics. No había que pensarle mucho: escondería las historietas en la última edición del *TimeLifeEnEspañol* que mi madre había terminado de leer, además ya había llegado el nuevo número del magazine, así que mi coartada tenía el sello de Raffles, el ladrón elegante.

Pero mientras caminaba a la esquina de Miguel Laurent con Gabriel Mancera, sucedió algo que detuvo mis cavilaciones de niño de casi once años; como un flash, cruzó corriendo frente a mí una mujer morena, con el inevitable uniforme rosa pálido y coronada por una cofia prístina, que la encuadraba automáticamente como sirvienta de la Colonia Del Valle. La "muchacha" tenía la mirada divagada como la de los caballos del hipódromo, que había visto yo cuando mi padre me dejaba en el *paddock*, mientras él apostaba con sus amigos en el Jockey Club. Me detuve, so pretexto de mi pesada mochila de cuero crudo y seguí con la vista a la muchacha de cofia que se encontraba con un albañil —lo supe porque tenía puesto como sombrero un cucurucho hecho de papel de envoltura de cemento, que le sujetaba los pelos de la cabeza—. Él tenía casi la misma edad de la muchacha, tal vez un año más, lo noté porque no tenía ni barba ni bigote, y se parecía a un jugador del Cruz Azul, y todos los jugadores del Cruz Azul eran puros chavos, no como los del Guadalajara.

La muchacha nunca advirtió que yo era un espectador de primera fila, mientras dividía un kilo de tortillas que sacó de la bolsa del mandado y se las entregaba al albañil. Él, a su vez, hizo aparecer como por arte de magia, un botón de rosa roja de la bolsa trasera de su overol blancuzco por el yeso acumulado. Era una rosa naciente y hermosa que ella recibió atesorándola en sus manos con tal vehemencia en su mirada, que me quedé absorto viendo la escena. Acto seguido, la muchacha de la cofia prístina, fue a su encuentro con una boca color granate que se abrió breve y de repente, para besar apasionadamente los labios del albañil, quien apenas tuvo tiempo de sostener el esbelto cuerpo entre sus brazos en un beso fugaz, tierno y furtivo. Fue un ósculo mágico, en tercera dimensión para mí, que no tenía referencias, salvo los besos de Angélica María en la telenovela que veía a escondidas en la cocina, mientras mi madre atendía a sus visitas. Sucedió tan cerca de mí, que me temblaron las piernitas de niño de cuarto de primaria.

Lo que vi me atormentó todo el fin de semana; se repetía constantemente en mi mente la imagen del beso furtivo, a pesar de las hamburguesas y los palitos de pan. Cambié el Chanoc y el Borjita por ver las telenovelas y hurgar a través de los besos blanco y negro de Jaqueline Andere y Julio Alemán, pero me resultaban sosos, incongruentes con la sinfonía sensitiva que había percibido en la calle de Miguel Laurent, a media cuadra de la esquina con Amores.

Fue entonces que me dediqué a ensayar besos. Comencé a besar la almohada esa misma noche, imaginando primero la boca de la muchacha con cofia, luego, cuando mi imaginación comenzó a trasegar, siguieron Angélica María, Sasha Montenegro y Jaqueline Andere. Besaba el cojín con movimientos circulares, luego trepidatorios. Intuía que los movimientos debían ser suaves pero compulsivos, y cuando intenté buscar nuevas compañeras de ósculos, me quedé dormido.

Los días que siguieron besé, a escondidas y en secreto, todo lo susceptible a ser besado: el balón de fútbol, las muñecas de mis hermanas, las cortinas de la sala, sandías enormes, la salpicadera del auto de mi padre. Las telenovelas agotaron su acervo de besos y busqué entonces novedades en las películas extranjeras que pasaban en la tele. Descubrí a la Signoret y a la Bardot, que rubricaban sus besos con un exquisito francés final. Mi obsesión fue tal, que comencé a pedir a todo el mundo que se besara frente a mí; primero a mis padres, que al principio accedieron divertidos, pero luego les asustó mi locura cuando advirtieron que comenzaba a organizar parejitas entre Susanita y el cartero; el jardinero y Toñita, la mucama de los vecinos; doña Cata y el Señor Cura. Me llevé una reprimenda peor que la desatada por la maestra de inglés en días pasados. Estaba dicho que el aspecto moral primaba, cuando se trataba de regaños; me castigaron prohibiéndome toda experiencia visual en la televisión y en las revistas. Me di a la tarea de investigar subrepticiamente besos perdidos y encontré, entre los libros de mi padre, una portada con un beso ilustrado en primer plano donde se leía "María, Jorge Isaacs" pero al abrirlo, la desilusión arribó al descubrir un texto cargado que visualmente no me llevaba a nada imaginativo ni besable, salvo la repetición constante de un tal Efraín. Recurrí entonces a buscar entre las novelillas que Susanita dejaba entre sus cosas cuando llegaba a lavar la ropa; me devoré "El pecado de Oyuki" escondido entre los cestos de la ropa sucia, tocando las ilustraciones impresas en sepia e imaginando los besos de la japonesa pecaminosa. A la semana siguiente, hurté "Yesenia" y por horas me la pasé besando el papel revolución, tan rasposo, que me dejo las mejillas rojas y los labios pintados de un sospechoso color café.

Por añadidura, estaban las radionovelas, que hacían que me fuera lejos de este mundo y mi madre tuviera que subir hasta la luna a buscarme, y tirando de mis orejas, ya en tierra firme, volvía a regañarme y a conminarme a la cordura, a la moral y a las buenas costumbres.

Fue tal mi fama de besucón de sombra, que mis castigos se acumularon y las habladurías se expandieron en la escuela y en la colonia, donde se me veía como un espécimen de una ralea que solamente se puede observar de lejos; un animalejo raro, que puede infectar con sólo sostener la mirada. Como una infección, el virus del chisme se expandió por todos lados y mis padres decidieron que incrementar los castigos sería el mejor antídoto.

Mi madre entonces pensó que lo mejor era mantenerme activo, por lo que me inscribió al fútbol después del colegio. Cuando llegaba a casa, supervisaba mis tareas y cuando terminaba, me enviaba con una lista minuciosamente redactada cada día a la miscelánea de Chonita; un día compraba huevo, otro una lata de sardinas, al siguiente azafrán o vainilla. Todo calculado para mantenerme lejos de la tele, la radio o alguna revista del demonio, en una caminata de cinco cuadras de ida y cinco de regreso.

La hija de Chonita tenía un andar de nube de dieciséis años. La observé desde que mis incursiones a la miscelánea comenzaron a ser frecuentes, y noté que ella dejó de ser la malhumorada encargada del pequeño almacén para convertirse en una halagüeña capitana de mis compras diarias. Al principio comenzó con una sonrisa, que yo pasaba desapercibida por andar pensando en Angélicas Marías borrosas y Julissas desteñidas por falta de referencias. Siguió con el deslizamiento en el mostrador de un chicle Canel's en el momento del pago y al que nunca pude resistirme. Entonces ella aprovechaba para clavarme su mirada profunda y negra y me despedía con un "gracias güero, vuelve pronto".

Una tarde, su habitual sonrisa a la hora del pago fue más radiante y misteriosa de lo habitual; en lugar de un chicle Canel's deslizó un paquete violeta sobre la madera pintarrajeada del mostrador y me dijo "te doy un Bubble Yum si me das un beso". Sentí que me ponía rojo. Tomé mi cambio, agarré fuertemente el kilo de huevo y salí corriendo como si el Bubble Yum fuese el tridente de Belcebú. Corrí tanto que llegué con temblorina a la casa, y como la tele y las lecturas estaban restringidas, me eché en mi cama después de dejar los huevos en la cocina. Me quedé dormido casi enseguida y comencé a soñar con diablas de pelos parados, que encendían lumbre de antorchas bajo mi cama; eran diabólicas señoritas de las novelas del Canal 2, que mascaban Bubble Yum e intentaban besarme en la boca; después de evadir a algunas, mi boca se trenzó en un beso incendiario con una rubia parecida a Irán Eory. Desperté cuando la baba en la almohada apagó los infiernos de mi sueño.

Al día siguiente traté de portarme como un caballerito de industria. Dejé ganar a Contreras en el recreo, me apliqué con mi maestra de inglés, jugué fútbol por la tarde como si fuera un clon chiquito de Enrique Borja y por la tarde, a la hora de ir a mi mandado donde la tienda de Chonita, me puse el saquito azul marino que me ponía mi mamá en los días de honores a la bandera, me engominé con Wildrot mis pelos rubios y me enfilé resuelto a conquistar las cinco cuadras implacables.

"Vengo por mi Bubble Yum", le dije resuelto pero con una lagrimita de gomina resbalando por mi frente. Ella, que tenía más resolución en su mirada de venada que el día anterior, me dijo "Creo que ya se acabó el Bubble Yum, pero pásale a la bodega a ver si encuentro más paquetes".

Fue una sensación acuosa y cálida, como si un mar transparente con cierto aroma a caldo de pollo me inundara. Sus labios, como cojinetes, succionaron los míos. Nuestros dientes chocaron y cuando ella sintió la pequeña colisión, aprovechó la palanca para introducir como una cocinera experta, la cuchara de su lengua que exploró todo lo explorable, y en mi universo de ojos cerrados, ya era una constelación completa llena de luces, cometas y explosiones nebulosas.

No sé cuánto tiempo duró el beso. En realidad no sé si perdí la razón o si el tiempo y el mundo se detuvieron por completo, pero cuando salí de la Miscelánea de Chonita, sentí que el saquito azul marino, instrumento escenográfico de los honores a la bandera, no podría usarlo más. Me quedaba demasiado chico.

Las huellas del gato

Llegó a casa como todas las tardes, realizando la rutina del retorno con la liturgia de la parsimonia; abrió la puerta, encendió el farol de la entrada y maldijo a su marido en silencio, como muchas tardes, por no hacerlo. Se dirigió al arbotante de la sala, giró la perilla de encendido y cuando daba vuelta sobre sus pasos, vio las huellas del gato. Eran perfectas manchas rojas que bajaban por la escalera de mármol blanco. Un escalofrío le recorrió la espalda y comprendió que se encontraba ante el desenlace. Antes de subir por los peldaños que lucían las huellas del felino como un armiño maculado de rojo, decidió cortar por la ruta de la cantina y prepararse un trago, lo necesitaría para lo que vendría. Debía tener la cabeza más fría que de costumbre; organizar todo lo organizable y recurrir a la ventana de holgura que deja la preparación de las tormentas que se esperan.

Vertió hielo en un vaso corto y se sirvió un vermut grande sin rodaja de limón, no había tiempo para martinis. Mientras enfilaba a la escalera pensó en rodear primero a su vestidor a quitarse los tacones, pero no pudo imaginarse sin ellos ante la escena que seguramente sucedería, sin el vestuario correcto para la escenografía perfecta. No había más que seguir las huellas del minino, que conforme se acercaba eran de color vino tinto intenso. Su corazón comenzó a latir con fuerza cuando se encontró en el rellano del segundo piso y percibió el aroma acre de la pólvora cuando se mezcla con la sangre. El metal percutido que chamusca la carne, la insolencia del fuego, ese olor. Se detuvo como si la guiara un hilo imaginario de un títere supremo, dio un trago a su vermut, dejó que pasara sin pasaporte por su garganta y así, de pronto, comenzaron a salir como en madeja, todos sus recuerdos; veintitrés años juntos y dos hijos que abandonaron el nido en cuanto pudieron, sin importarles si sabían volar. Un noviazgo de locura, el pronóstico perfecto para un matrimonio feliz, una vida entregada a él, al Gran Rolando, ese señoritingo a quien todo el mundo se le cuadraba como si fuera un general de cinco estrellas, la vida feliz de una mujer con cara de florero: "lo que tu quieras mi cielo, como tú digas mi amor". Todo giraba en torno a él, su mundo maravilloso heredado de su padre empresario, a quien no tuvo más que dejar todo el poder de los activos, pues a sus hermanas, casadas con otros millonarios, no interesaba conservar y mejorar una empresa, sino hacer mella en la propia opulencia de sus maridos. Y así, entre viajes y despilfarros, amantes y carrazos del año, Dom Pérignon y caviar de esturión beluga, el Gran Rolando fue perdiendo todo, comenzando por el respeto de sus hijos, que lo veían llegar borracho y con mariachis cuando regresaban de la escuela, y terminando con la incautación de la fábrica centenaria, producto del trabajo de su padre, sus abuelos y una línea genética adicional de apellidos rimbombantes. Cuando ya no había dinero para sostener el ritmo cotidiano y solo quedaba la casona que habitaban y los vestigios de un marido inútil, no le quedó más remedio que buscar entre las amistades y relaciones un trabajo que le permitiera llevar a casa lo que su esposo dilapidó y tratar de poner orden a las finanzas que quedaban. Mientras tanto el Gran Rolando, amarillo y pusilánime, se derretía en una depresión que ni los psiquiatras ni las pastillas podían contener.

Y en el momento en que aquel hilo imaginario la jaló de entre sus pensamientos y la puso a unos centímetros del cuerpo de su marido en decúbito supino, con un tiro en la garganta que vació la tapa superior de su cráneo, le provocó el deseo de arrebatarle el arma que empuñaba aún, acaso tibia, en su manota de bueno para nada, y sumergirle el contenido que le quedara al cargador. Pero se quedó quieta, mirándolo, viendo cómo la sangre que le quedaba se le iba, poco a poco, por el norte de su cuerpo, desembocando en una charca negra, donde abrevaba el gato.

Amo a Josefa

En el picadero solo quedamos Josefa, su amigo y yo. El entrenador, Jonás, se ha ido a ponerle sus vacunas a los pencos del otro establo. Lo supe porque olí la bolsa de su chaleco con la asquerosa medicina que me inyectó el otro día. Amo a Josefa y ella a mí. Resuello desde que la oigo llegar cuando se baja de la camioneta de su madre, y como estoy de veras contento, hasta relincho de gusto, pero procuro no hacerlo porque se alborota toda la caballada y luego suelen hacerme burla. Lo primero que Josefa hace cuando llega a la cuadra es correr a mi caballeriza, darme una manzana y acariciarme las crines con sus manos tiernas, mientras yo mastico goloso la fruta. Amo a Josefa y ella lo sabe, lo he visto en sus ojos claros cuando me dice palabras tiernas y yo agradezco su amor dejando que me cepille, antes de ponerme los arreos. Luego salimos al picadero con los demás potros y sus jinetes. Trato de concentrarme cuando estoy con Josefa, obedeciéndola en todos los ejercicios. No puedo permitirme que nada le pase, es muy frágil y es muy bella, sus crines son tan finas que las veo de reojo bailar con el viento, cuando saltamos las primeras vallas. Su cuerpo joven se amolda a mi lomo, me rodea con sus piernas y sus botas abrazan mi costado, apenas sus talones me indican alguna orden con ligereza. Amo a Josefa y su rienda suave, que apenas me acaricia, pero me ordena. En cada salto, nuestros cuerpos se funden mientras mis cascos amarran en el piso mi libertad comprometida.

Pero hoy es un día diferente, ha venido un chico con ella. No me gusta como huele. Siento sus malas intenciones con Josefa. Ahora, ella se ha apeado y platica con él, sonriente. Yo le pongo mis ojos encima y agito el cuello, refulgen mis crines. Lanzo una mirada retadora y un ligero relincho que en su idioma intenta susurrarle un: "A que no te atreves, a que no te atreves a montarme, amiguito". Ellos ríen y comentan algo sin dejar de verme, se tocan, yo procuro controlar la dirección de mis orejas, resuello. Seguimos los tres en la soledad del picadero, pero ellos me están borrando de su mirada. Amo a Josefa. Intento relinchar su nombre, pero solo puedo encrespar las crines nuevamente. Ellos siguen en sus juegos tontos y se tocan y se acarician. Relincho y corcoveo, es mi último recurso. Vuelvo a mirarlo a él, retador, entre resuello y resuello ¡Anda! ¿Por qué no te atreves a acercarte? Una boñiga caliente, humeante, sale de mí, la mejor muestra de mi entripado. Entonces, Josefa, mi amada amazona, tira de las riendas y enfila conmigo rumbo a la caballeriza. Atrás queda su amigo, indiferente de mí, con una mueca sonriente en su rostro, y en un perfecto ángulo para una coz.

Herido de amor

Antonio Badú fumaba mientras esperaba su turno para entrar a escena. Enfundado en su smoking veía cómo Lupita Palomera cantaba "En el puente de Nonoalco". Él había debutado hacía un par de años, así que el nerviecillo que sentía era controlable y lo difuminaba viendo a la guapa cantante, que portaba un vestido negro con tafetanes color granate, muy entallado a su cuerpo y que disimulaba la sensualidad de su interior gracias a un chaquetín de mangas abombadas. La bolerista se comportaba con elegancia en el escenario, cantaba de manera natural las penas de un amor imposible, mientras la orquesta del Maestro Pérez Cifuentes la acompañaba melodiosa. El selecto público que había tenido la fortuna de conseguir una localidad en el Estudio Oro de la XEW, parecía hipnotizado por la melodiosa voz de la muchacha, que bien mirada, no estaba nada fea. Después de una larga chupada a su Lucky Strike, Antonio Badú tomó la resolución irreductible de conquistarla para el final de la noche.

Cuando el portero hizo una reverencia y le dio las buenas noches a su entrada en la radiodifusora de la calle de Ayuntamiento, ya llevaba dos whiskys y varias horas viajando. El avión que lo habría de traer de Gómez Palacio, Durango, desde la mañana se había demorado por un desperfecto técnico, por lo que tuvo que cancelar su comida en el Prendes con Mauricio Garcés y Jacobo Zabludowsky mediante una llamada de larga distancia a la secretaria del güero en el aeropuerto. Viajó a Durango desde el martes para promocionar su última película, ahí se encontró con Pedro Infante, que había volado desde Mazatlán en su avioneta para comer con él y el alcalde de Gómez Palacio. Luego de la comida, hicieron una presentación en el Teatro Municipal, los dos con sendos trajes de charro y sombrero en mano cantando "La feria de las flores" con un éxito rotundo y gritos de señoritas altas y frondosas, como los nogales que crecen por allá. "Ten cuidado de las alacranas, por acá hay muchas", le había dicho el alcalde, cuando una jovenzuela alta y rubia, con un vestido entallado de cuadrillé rojo, se le abalanzó al salir a la carrera del teatro, para intentar darle un beso en la boca que, sin dar en el blanco, debido a los jaloneos de las demás admiradoras, dejó marcada la camisa del vestido de charro. Menos mal que llevaba otra camisa y hasta un smoking de repuesto. Subió a la habitación de su hotel a cambiarse para cenar con Pedrito y los demás, metió el sombrero de charro ribeteado en azabache a su estuche, vio la mancha de carmín en su camisa con un poco de anhelo, arrellanó el resto de la ropa en una silla y se fue a bañar.

En la cena y entre bromas, Pedro Infante comenzó a echarle carrilla de la buena:

—Entonces, viejito ¿quién era la rubia que dejaste abandonada en el teatro? ¡Apenas te alcanzó a picar y mira cómo te dejó!

—Calmado socio, que tú sigues batiendo el record, ¡nadie te gana a romperle el corazón a las muchachas!

—¡Y hasta a sus maridos! —terció el alcalde, cuyo comentario no fue bien visto por ambos.

Sin embargo, la noche discurrió sin contratiempos mayores. Se despidieron temprano pues Pedro regresaría a Mazatlán por la mañana a primera hora y Antonio a la Ciudad de México para presentarse por la noche en La Hora Azul.

Pero ahí estaba; fumando otro Lucky Strike, entre cajas, esperando a salir al escenario, con el smoking que venía en la maleta y no alcanzó a enviar a la tintorería pues no lo usó en Durango. "Qué más da" pensó, mientras se lo ponía a la víspera de su cita en La Hora Azul, y observaba el encore de Lupita Palomera que ahora cantaba "Bésame en la boca".

Bésame quedito
Cerrando los ojos
Y así tus pestañas
Mágicas arañas
Tiendan su prisión

"Ya vas, mi reina" pensó. "Tus deseos se harán realidad, de mi te acuerdas, Lupita Palomera, vas a ver al rato" y dio otra larga chupada a su cigarro.

—Antonio, entras a escena en un minuto, te presenta Pedro de Lille. —Le dijo el asistente de escena.

—Suave, ¿con cuál voy? —interrogó Antonio Badú.

—"Herida de amor", maestro.

—Ya vas.

Los aplausos estallaron en el estudio cuando

Lupita Palomera terminó su interpretación. Ella gentilmente hizo una caravana coqueta y se dirigió a las cajas, su mirada entonces quedó de frente a Antonio Badú, quien le dedicó una caída de ojos con arañas mágicas.

—Fuerte el aplauso del público conocedor, para Lupitaaaa Palomeraaaaaa. —desgañitó con melodiosa voz el presentador Pedro de Lille.

Antonio Badú sintió una especie de patitas entre el cuello y el hombro cuando Lupita Palomera le interceptara las arañas mágicas de su mirada y se las cambiara por una sonrisa de golondrina de verano, al tiempo que, coqueta, le arrebatara el Lucky de la mano.

—Vas, papito. El escenario es tuyo.

—Espérame, no te vayas a ir. Te invito a cenar al Mauna Loa.

La orquesta terminó el jingle del patrocinador y el presentador engoló la voz.

—Damas y caballeros, La Hora Azul y la équis, é, dobleú, traen hasta ustedes, en presentación estelar, al Emir de la canción, Antonio Badú, que nos interpreta esta noche "Herida de amor", acompañado por la orquesta del Maestro Norberto Pérez Cifuentes ¡Recibámoslo con un fuerte aplauso!

—Vas, paisano —le despidió Lupita Palomera, dándole un amago de beso en la comisura de los labios, que no alcanzó a tocarlo, pero fue lento como una luciérnaga en la noche. Antonio Badú volvió a sentir patitas entre el cuello y el hombro, esta vez bajando hacia la escápula.

El micrófono de la XEW ya estaba colocado a su altura, la orquesta terminaba el acorde introductorio, el público expectante y él, dueño de la escena, pasó su lengua brevemente debajo del bigote cortado a la Clark Gable, para cantar:

Que dolor dejaste en mí,
sin tu amor todo es sufrir

Las patitas se movieron mucho más, lo sintió cuando tomó el asta del micrófono para orientarse en el escenario. Ahora subían de nuevo, hacia la clavícula.

Mi alma la siento que toda,
se me hace pedazos,
recuerdo aquel tiempo que estuve,
viviendo en tus brazos

Y justo cuando entró el piano para la intersección del siguiente verso, sintió un piquete hondo, duro, que le inoculaba una sensación de desconsuelo. Volteó a cajas, inconscientemente, para esperar que alguien le auxiliara. Sabía que algo había pasado, pero no sabía qué. Comenzó a sentir algo en la parte superior de la manga del saco. Tenía algo en la manga; había que sacarlo, sin pánico, pronto. Una chica del público, una rubia con un vestido rojo de cuadrillé quedó fija en su mirada, mientras inusuales gotas de sudor bañaban su frente. Aprovechó el interludio de la música para sacudir el brazo lo más discretamente posible. Las patitas seguían ahí.

Que dolor dejaste en mí,
sin tu amor todo es sufrir

Una sacudida más y una sensación de algo con patas que se movían, ahora en el brazo.

Otra sacudida, enérgica, lo más discreta posible. Algo salió, por fin, de su manga.

Un alacrán güero cayó al piso de duela del Teatro-estudio Oro de la XEW. Antonio Badú siguió cantando, pero no tuvo fuerza para matar al animal que lucía incólumne sobre la duela. No lo quiso pisar ahí por pura vergüenza profesional. Alcanzó a dar un discreto puntapié en la panza del artrópodo y le pareció ver cientos de puntitos güeros que brincaron del lomo: era una alacrana recién parida.

Lo que siguió fue la recepción de los aplausos en un estado semicatatónico y un deambular siniestro hacia cajas. La vista se le nubló cuando cayó en brazos de Lupita Palomera, quien lo recibió con un cepillo de concha nácar en la mano y lo acunó contra su pecho.

—Chata, creo que tendremos que posponer nuestra cena, —alcanzó a musitar, pálido— me ha picado una alacrana que me traje de Durango.

Antes de morir de enfisema en el año noventa y tres, Antonio Badú me confesaría, en una entrevista que le hiciera para el periódico en que trabajaba, que muy pocos se dieron cuenta de la alacrana, escabulléndose hacia alguna grieta de la duela, seguida por sus escorpioncitos.

—Me llevaron al hospital inmediatamente y me inyectaron un antídoto. No cené con Lupita Palomera en el Mauna Loa, pero estuvo conmigo en el hospital y nos dimos varios besos, algunos de ellos, no sé por qué, me recordaron a una rubia con un vestido rojo de cuadrillé —me dijo, mientras anhelaba dar una fumada a algún cigarro imaginario.

La última y nos vamos

¿QUE QUÉ HARÍA SI ME SACARA LA LOTERÍA? ¡No mames! Piensa bien lo que me estás preguntando. Sería lo peor que me podría pasar. Sí, pendejo, te lo estoy diciendo en serio, de veras, es neta. Es la peor pesadilla o, mejor dicho, la segunda peor pesadilla que me podría pasar, ¿nos tomamos la otra?, ¡ándale güey! ¡Ora te chingas la última por andar de preguntón! ¡Mesero! ¡Pssst, pssst!, mándese otros dos gerolains, pero bien cargaditos ora sí, ¡no se haga maje! Hay, pinche Pepe, no mames con tu pregunta ¡Pus ya me la saqué una vez, pendejo!, ¿qué?, ¿no te conté? Bueno, yo no, se la sacó mi papá, me acuerdo rebien, fue un viernes, fue el 17 de abril de 1998. Yo iba en sexto de primaria, o sea que tenía como once o doce años. Vivíamos allá en Clavería, ¿sí conoces?, por donde está la refinería, sí, ahí mero. Y me acuerdo rebien de que era un viernes, porque ese día llegué de la escuela y desde la esquina se oían los mariachis y el desmadre en mi casa, que comenzó en el momento que mi papá regresó de la Lotería Nacional después de cobrar su premio. Me acuerdo de que fue el 17 de abril, porque el 16 era el cumpleaños de mi mamacita, y se lo íbamos a festejar el domingo en Xochimilco; ya mis tías hasta se habían puesto de acuerdo para llevar tacos y tamales y toda la cosa. Tons, cuando llegué de la escuela, ¡tremendo escándalo! ¡No eran ni las tres y ya había borrachos por todos lados! Imagínate que mi apá, que siempre compraba lotería de a dos veces por semana, pus ya lo hacía por costumbre ¿no? Siempre decía, ire m'ijo, ora que me la saque, usté va a ser muy feliz, le van a sobrar viejas de a montón y ya ni va a tener que ir a la escuela... Bueno sí, decía, a estudiar administración de empresas, pa'que, como dijo López Portillo, nomás se dedique a administrar la abundancia. Eso decía mi viejo. ¿Qué? ¿Ya no quieres cacahuates?... Total, güey, que ese viernes, antes de llegar a su chamba, mi viejo, que trabajaba de almacenista en la Men Lova de ahí de Izazaga, que checa sus billetes de la Lotería Nacional en el kiosco donde siempre compraba su cachito, pero cuál va siendo su sorpresa que el tendero se le avienta a los brazos y que le dice ¡Ay, don Facundo!... ¿Cómo quién? ¡Así se llamaba mi papá, güey! ¡Ay don Facundo!, que le dice, ¡que nos sacamos el gordo! y que mi apá antes de hacérsela de pedo ¿cómo que nos la sacamos? ha de haber pensado ¿no? No me ande albureando, no sea cábula ¿no? Y... ¡Mocos, güey! Que mi jefe se acuerda de que como era la víspera del cumpleaños de mi mamá, el día de Santa Engracia, en un arrebato de lujuria, como que pensó que el onomástico de su vieja le iba a traer suerte, y que le compra todo el entero al tendero. Sí güey, así como te lo estoy contando, tá'cabrón, ¿no? Salucita... No, may, ya me los bolearon ayer, todavía aguantan, ai'pa'lotra. ¡Sale! Tons, pinche Pepe, pa'no hacerte el cuento largo... ¡Salú! Y pus que mi viejo, ese trinche viernes, que se saca el premio mayor: ¡Siete millones doscientos mil pesos, de los devaluados de antes! Era una lanota. Como tres veces más que ahora, ¡o más! ¡El dólar estaba a diez pesos, güey! ¡Imagínate! Esto yo no lo vi, pero me lo contaron, cuando mi viejo salió del edificio de la Lotería, pus luego luego fue a depositar su chequesote a un Serfín donde tenía una cuentita de ahorritos ¿verdad? Pus nada, que ahí se dio cuenta que le dieron vajilla con el treinta y cinco porciento de impuestos, sí güey. ¿Qué?, ¿no sabías? ¡Te quitan un chingo de lana!, pinche gobierno... y ora ves a este pendejo rifando el avión presidencial, jajajaja... ¡No mames!, ¡te lo van a dar sin una turbina si te lo ganas! ¿O qué pedo?... Sí, no mames, están rete bien pendejos. Con todo y eso, mi apá sacó una lanota en efectivo del banco; un chingo de lana, güey. Viernes, a las once de la mañana, que se regresa a su trabajo ¿A trabajar? ¡Ni madres, pinche Pepe! No más regresó a renunciar y a mentarle la madre a su jefe, ni recogió sus chivas, ahí las dejó en su cubil. De paso invitó a toda la oficina, que era una bandota, a su casa para festejar que ya era rico. Por eso, cuando yo regresé de la escuela, todo el mundo ya andaba bien rete enfiestado y pedo; desde sus compañeros de la oficina hasta los vecinos y cuates del barrio. Bueno, hasta Chonita y su marido, que tenían una tiendita en la esquina y no le querían dar fiado a mi mamá, ahí andaban, cante y cante, baile y baile y chupe y chupe, al lado de mis jefes. Ora que ya estoy grande, sigo sin entender cómo le hicieron para organizar esa pedota tan rápido; hasta mi hermano el Diego, que estaba, creo, saliendo de secundaria, andaba hasta las chanclas con sus cuates. Pus al otro día, bien crudote mi apá, que compra una Suburban en la Chévrolet de Legaria. Así, güey, al chaz chaz ¿dónde le pongo los montoncitos de a mil, marchantito? Y que llega echando claxonazos a la cuadra. Todo el mundo seguía o pedo, o con una cruda monumental. Y que nos grita desde la calle ¡Nos vamos a Acapulco a festejar el cumpleaños de mi vieja! ¡Súbanle! ¡Todavía hay lugares! Sí, caón, así como te lo cuento. Y ahí vamos todos bien contentotes, unos pedos y otros crudos. La pinche Suburban toda llena hasta el tope, no llevábamos ni maletas porque mi apá dijo: ¡Chingue a su madre! ¡En Acapulco compramos todo nuevo! Y... ¡Puto el último! Cuál Xochimilco, ¡no, güey, estaba de pocamadre el plan en la playita!, en camioneta nueva, vida nueva, ricos nuevos, yo dije ¡ya chingué! no voy ha hacer tarea para el lunes, ¿no?, ¿como pa'qué? ¡Sí güey!, ¡es la pura neta! Sí, caón, nuevecita, preciosa, azul marino... ¡Salucita! Pero por ahí, pasando Cuernavaca, antes de entrar a lo que viene siendo la Autopista del Sol, ¡madres! Un pendejo que iba manejando, que creo que era uno de sus cuates de la chamba, que se sale en una curva y ahí valió madres todo. Fíjate como es la pinche mente de uno; de lo demás ni me acuerdo. Supe que estuve seis meses en un hospital, mi hermano sí quedó medio pendejo, ya vez que ora le pone azúcar a los churros ahí, en el Café Tacuba. De mi mamá y mis tías pus, ni al sepelio pude ir, y mi papá, pues no la libró y falleció después de un coma de más de un año ¿La lana? ¡Uta!, pus ya ni supe que pasó después. Creo que mi papá murió intestado y entre los licenciados carroñeros y los sobrevivientes de la familia, ahí acabaron con lo que quedó del premio. A mí me mandaron a Sahuayo, con la tía Inés y de lo demás se hicieron bien pendejos... Sí güey, así como te lo cuento.

¿Qué, ora sí nos echamos la última? Pero ¡tú pagas eh, culero! ¿Qué no ves que no traigo varo?

Blanco y rojo

—¿TE GUSTA MI BUICK? —le dijo Jim a Mariluz, orondo, con marcado acento de gringo del norte—. Se hace cama.

Ella se sonrojó y para disimularlo abordó de inmediato.

—Está suave. Mejor invítame un helado en Chiandoni —le dijo, cuando Jim arrancaba el motor.

El muchacho estadounidense había llegado con su padre manejando a la colonia El Rosedal a inicios del verano de 1964. Algunos días después llegaría la madre, en avión, con trece maletas y dos perros falderos. El Distrito Federal era el mejor lugar para que un ingeniero contratado por una filial norteamericana, cumpliera un año —con opción a dos— capacitando y mejorando la productividad de la empresa. Un año, pronosticado por el padre de Jim, dedicado a aprender español en la mejor ciudad de América Latina, relativamente cerca de casa, con un clima semitropical que los haría olvidar, al menos por un par de años, el rigor de los inviernos de temperaturas congelantes.

Desde que llegó a El Rosedal manejando el Buick Skylark, convertible y bicolor, Jim se dio cuenta de que, al menos esa cuadra bullía de *mexican beauties*. No tardaron en identificar la casa y comenzar a meter el equipaje al garage, cuando varios vecinos se acercaron, curiosos, a hacerles plática: ¿Desde dónde vienen?, ¿Cuánto tiempo se tardaron en llegar?, ¿Hacía frío? Y los recién llegados intercambiaban sus primeras palabras en un español masticado con el inglés chilango de los vecinos, que se enorgullecían de sus estudios en el Instituto Miguel Ángel o en el Colegio México y podían, campechanamente, demostrar lo aprendido, como lápiz-*pencil,* como gallina-*hen,* como *the book is on the table.* Fascinado, Jim solo tuvo ojos para Mariluz, a pesar de estar rodeada de tres amigas más, una de ellas tan rubia como las que dejó en el *college,* pero de belleza anodina comparada con la trigueña de ojos color miel, moños color durazno y un vestido de crinolinas perfecto para bailar un twist. Se propuso conquistarla cuando metió a la casa la última caja que ella misma le ayudó a sacar de la cajuela de su otro nuevo amor: el Buick bicolor.

Habían salido de Burlington hacía cuatro días. Apenas tomaron la autopista interestatal, el padre de Jim le delegó el volante del Buick para que lo manejara; destapó una Coca Cola, bajó el ala de su sombrero que era idéntico al que usaba Frank Sinatra y se propuso tomar una siesta eterna hasta llegar a la frontera. Jim sabía manejar, pero nunca lo había hecho tanto tiempo y con tanta libertad; su padre no prestaba atención al velocímetro ni le importaba mucho lo que hiciera mientras el auto siguiera estable, siempre hacia el sur. Llegaron a Laredo, cruzaron la frontera y luego paisajearon dos días en todos los pueblitos repletos de *mexican curious* que encontraban a su paso.

Su padre y él estrecharon lazos; nunca habían pasado tanto tiempo juntos y una de esas tardes, mientras tomaban una cerveza en Xilitla, con el Buick bicolor estacionado como acento visual en el paisaje que Edward James consideró el más surrealista del mundo, le anticipó:

—*That car will be yours, you'll need it to go to college.*
—*Really? And you, Dad? What will you do?*
—*The company will give me a new one, a Cadillac, I think, with a driver.*

Ambos brindaron cómplices, anticipando las fechorías nimias de dos gringos que se adentran en el territorio de la aventura.

A la semana de su arribo, Jim ya era parte de la pandilla de la cuadra. Enfundado en sus jeans Wrangler, se peinaba el copete a la James Dean, recargado en su Buick Skylark echando rostro, rumbo a la casa de Mariluz. Ella le fue aliñando su español para poder entablar una conversación decente con los profesores que lo recibieron en la Ibero, la universidad donde cursaría Ciencias de la Comunicación, y el resto de la pandilla, como el Bicho y Juan Carlos, complementaron las academias de la calle con groserías, albures, mentadas de madre y tacos al pastor.

Mariluz cayó redondita ante la mirada lánguida del gringuito y con el pretexto de practicar su inglés, todas las tardes echaba novio con el Elvis rubio. Le gustaba la forma dulce en que decía todo, su mirada de superioridad, su altanería que le venía de raza. Cuando estaba con él y caminaban por la Plaza de Coyoacán tomados del brazo, sentía cómo los parroquianos los miraban mientras ellos dos saboreaban nieves de tamarindo y de guanábana. Se sentía poderosa viajando en el Buick con vestiduras de piel rojas como el pecado y un asiento trasero que se convertía en tálamo de amores impensables. Los atardeceres caían ante los besos de lengüita que Jim le instrumentaba a Mariluz, en el mirador de la carretera federal a Cuernavaca, donde el muchacho apartaba con decisión las crinolinas de la jovencita, que se resistía como un pez en las redes de la moralina, para terminar fundiéndose con él, en estertores de adolescencias ardientes.

Cuando Jim comenzaba a sentirse cómodo en su grupo de la Ibero, encontó una tarde a Mariluz, llorosa; que en cuanto abordó el Buick le espetó un retraso de varios días en su periodo. Después de varios *what do you mean?* para estar seguro de que estaba entendiendo lo que no quería entender, Jim tomó la decisión de hacer un *clean up* radical. El Bicho y los amigos que ya eran *very fierros* le ayudaron; convenció a Mariluz de hacerlo y con el dinero ahorrado de los domingos y otro más escamoteado a su padre, llevó a la chica de las crinolinas a una clínica escondida en una calle lúgubre, cerca de Ermita Iztapalapa.

Ella, siempre pálida, con una estampita de la Virgen de Guadalupe en la mano, entró a un edificio gris, a medio construir, que dejaba ver tabicones crudos y varillas oxidadas. Jim la esperó fumando un Lucky Strike tras otro, recargado en el Buick bicolor, blanco y rojo; pureza y perversión, locura y arrepentimiento. Jim convertido en un James Dean al borde de la derrota de la rebeldía.

Cuando Mariluz salió del edificio la abrazó, besó con ternura su frente fría y la ayudó a subirse al carro. Manejó despacio sobre Ermita y dobló sobre una calzada de dos carriles. No sabía qué haría cuando llegaran a casa. La tristeza de ella combinada con su congoja comenzaron a apremiarlo. Ella, recargada en su hombro, lucía pálida y perdida. Él manejaba queriendo resolver el futuro. No se dio cuenta de que había un camión chato, amarillo, subiendo pasaje en la calzada de dos carriles. Volvió del parpadeo cuando vio el charco de sangre carmesí que empapaba las crinolinas de Mariluz. El Buick Skylark bicolor quedó incrustado en el motor trasero del camión, que subía obreros que acababan su turno en una factoría de hule, frente a un expendio de miel de abejas. El cofre del Buick se convirtió en un acordeón inimaginable. El medallón del parabrisas se expandió en partículas lanzadas al aire como puñales vengativos y la sangre de Jim se fundió entonces en un charco concomitante, con la de Mariluz.

Diluvio

Cuando me apeé del autobús, caí en cuenta que ella, a bordo, se iría para siempre. Comenzó a llover de tal forma que mis lágrimas y mis estertores se confundieron con los rayos y centellas que caían sobre los transformadores y los cables de luz de División del Norte esquina con la avenida Miguel Ángel de Quevedo. Mi llanto fue tal, que me siguió hasta el Metro Taxqueña y me abordó en el siguiente autobús para llegar a casa, propalando tanta humedad, que el chofer de la unidad tuvo que declarar una emergencia a bordo y devolver los cuatro pesos de peaje a cada pasajero, al tiempo que el transporte se inundaba irremediablemente, a dos cuadras de mi destino.

En el camino, el lodazal alcanzó el traje completo que había lucido impecable por la mañana; el casimir inglés comprado en Izazaga, que había servido para la confección de mi primer terno de mocetón graduado de secundaria, que esa mañana fue la escenografía irreductible para buscar mi primer empleo, lucía ahora con lamparones de un lodo inefable. Los mocasines de piel que hacían juego, junto con los calcetines de rombitos, quedaron del color de un caño abierto, desprendiendo tanto mal olor que era mejor voltear y hacerse el disimulado. Justo así lo hizo mi padre, cuando me vio en el umbral de la puerta, con cara de náufrago de ochenta noches. En cambio, mi madre, desvió su cauce hacia mi desembocadura y dejó que mis lágrimas terminaran de inundar la sala, el comedor y la cocina, mientras me ponía a salvo desabrochando cada uno de los botones del chaleco y al mismo tiempo secaba con una toalla mis cabellos alebrestados de niño viejo. Me envió a bañarme con la promesa de servirme un caldo de pollo vivificante si dejaba de llorar, pero entonces las cañerías y los grifos solidariamente rompieron sus soldaduras y comenzaron a salir chorros de agua por las paredes del baño, la cocina y las todas las habitaciones que alguna vez tuvieran alguna pena de amor. Mi padre decidió en ese momento abandonar el barco, seguido por una recua de ratas sigilosas que salieron de la biblioteca de la casa.

Llegaron mis amigos, pues ya era la hora en que solíamos salir a comprar el pan, pero la inundación era tal y mi aflicción tan contagiosa, que temieron naufragar sus mocedades entre llantos y volvieron a sus casas, asustados, a secarse.

Entonces, sabiéndonos solos, mi madre volvió a mí, navegando en una chalupa entre los muebles que flotaban por la sala, con un plato que emanaba un aroma calmo; era el caldo de pollo prometido.

En el penúltimo estertor de llanto, mesó mi pelo mojado y caracoleante y cuando acercaba la escudilla con aroma, le dije:

—Má, la conocí, la amé y se fue.

—Hay m'ijito... —contestó mi madre —nunca dejará de llover.

Cita a ciegas

Me ofrecí a hacerla de celestina con Claudia. Pobrecita, anda tan desesperadita. A leguas se le notan las urgencias por coger. Entonces pensé en Germán, otro que le urge un poco de carne. Pero es tan atarantado. Está guapo, gana bien, se la pasa montado en su bici todo el tiempo y por eso tiene la espalda ancha y esas nalgas. ¡Ay, esas nalgas! Ya las quisiera yo un fin de semana para pasearlas por el parque. Las mías parecen de aspirina, amiga. Todas escurridas, como de vaca flaca. No, Germán está reguapo. No como el baboso de Sebastián. Ya me tiene aburrida, se la pasa comiendo; poco le falta para ser "Sebostián". ¡Harto coraje me da! Y es que… ¡No era así! De repente le dio por la cocinada y de ahí, a la tragadera. Cada día se pone más hinchado. Más Panzón. Pero cocina bien. Hasta eso. Y pues, como es septiembre, me prometió hacerme un pozole. Yo estaba muy a gusto, viendo Netflix. La serie esa. La de este tipo muy guapo ¿cómo se llama? Bueno, ahorita me acuerdo. La cosa es que el Sebas me grita: ¡Flacaaaaaaa! Y que me manda al Chedras a comprar rábanos que faltaban para el pozole. Yo no quería ir, por que estaba lloviendo y además estaba viendo la serie esa. ¡Ay! ¿Cómo se llama ese güey? Pero que me vuelve a llamar el Sebas. Y que bajo. Y que huelo. Ay amiga. Olía tan delicioso que le digo ya vas, pinche Sebas, no más porque es septiembre. Pero préstame tu camioneta porque mi Yaris no tiene gasolina. Y que salgo y agarro el paraguas y que siento el petricor en mi nariz ¿No sabes que es petricor? Es una palabra bien dominguera que me enseñó mi amiga Mariel, ya ves que es reteculta, con eso que anda en un taller de escritura. Atínale con quién se anda juntando. Sí, petricor ¿ya te apantallé, verdad? ¿en serio no sabes? Es ese olor a tierra mojada que se te mete en la nariz. Es como si el barrio se bañara todo. Luego luego se siente fresquito. Y ya ves que en septiembre todavía hace reteharto calor. Entonces me subí a la camioneta de mi gordo, resollando el petricor tan exquisito. Ay pinche Sebas ¡Es un cerdo! Toda la camioneta, nuevecita, amiga, te lo juro, oliendo asqueroso, como a pescado. O sea, un asco. Y yo, pensando mal ¿pues, a quién subió éste? Y luego, que me acuerdo ¿verdad? Se había ido a pescar con sus amigotes. Trajo toneladas de pescado que casi se echa a perder. Por cierto ¿no quieres unas mojarritas? Están muy buenas. Y están congeladas. Pero de todos modos ¡no se vale, amiga! ¡Ya no huele a nuevo la camioneta! Total, que con todo el entripado que hice por el olor, casi me vomito. Saqué la camioneta del garage y que le marco a Claudia, para ir cuadrando su cita con Germán. Pero pues mi cel no está configurado en la camioneta del Sebas ¿verdad? Y ya vez que a esas camionetas les pisas tantito y se te van. Y yo traía mis chanclas, las Guchi, y quién sabe cómo se me atoró en el pedal y ¡cuaz! Nomás sentí el golpazo ¡Y un ruidero! ¡Mocos! Pensé. Me chingué a un ciclista. Sí, ahí mismo. En la esquina de la casa. Sí, en la otra calle de donde vive Germán ¿ya te acuerdas? ¡Lo maté! Pensé. Amiga, no sabes qué susto. Creo que hasta se me bajó el azúcar. Quién sabe cómo, pero eché en reversa la camioneta y salí disparada rumbo a la casa de Julieta. Ya ves que vive cerca, en ese edificio que tiene un garage subterráneo. Pues con todo y el susto, que la Virgencita me ilumina y que pienso: mejor me escondo un rato. Y que llego con Julieta y ¡Ay, amiga! Que me pongo a llorar apenas me bajé de la camioneta. Y ella que, ya sabes qué linda es, que se pone a llorar conmigo. Y pues ya llevábamos como cinco minutos llore que llore. Y le conté todo. Y entonces, que dice: Ay amiga, pues vamos a echarnos un tequilita para que se nos pase el susto. Ya vez que Julieta siempre tiene tequila, y como está sola, pus le entramos con gusto al Don Julio. Y ahí nos tienes, llore que llore. Y ay, amiga y ahora, ¿qué hacemos? Mejor te quedas escondida aquí un rato, ¿otro tequilita? Y ¿te acuerdas del chiste del burro y el gato que me contaste el otro día? ¡Y que ya me acordé! Y que ¡ja, ja, ja! Ya estábamos muertas de la risa y que veo que ya llevábamos más de media botella de Don Julio y ya ni me acordaba del pinche bicicletero que atropellé. Y en eso, que suena mi celular ¿y quién crees que era? Pues Sebastián. Ni siquiera me preguntó dónde andaba, ni me dijo si ya estaba listo el pozole. El güey ¿qué crees que me dice? No lo vas a creer; que me dice: hace un rato un pendejo atropelló a Germán en la esquina de la casa. Ya se lo llevó la ambulancia.

Me verás volver

Cuando levantó la vista al salir de la capilla, lo vio como un epíteto de mal fario; era un garfio, con rastros de sangre, colgado de un clavo en la pared del patio de caballos. Alguien lo saludó, el flash de un fotógrafo, las otras cuadrillas que distraen el pensamiento rumbo al túnel que desemboca al albero no le dieron tiempo de sumergirse en la historia que asomaba en el burladero de su cabeza. Fue hasta que se lio él mismo el capote de paseo después de haber atendido al reportero de Canal Plus, que comenzaron a desplegarse pequeños eventos destellantes, como cuando salió al ruedo y tocó las tablas, como siempre que partía plaza, y su mano diestra sintió la madera helada, como nunca, en una tarde de agosto.

En su escala personal, el miedo esa tarde no era mayor al normal; estaba por encima de sus alternantes y conocía bien a la ganadería, él mismo la había puesto por su amistad con el ganadero, y aunque no había visto los dos toros que le tocaban en suerte, sabía de sus cualidades, su fuerza y su cornamenta: sus pitones como garfios.

Un hilillo de sudor en ese momento sintió escurrir por el hueco infame entre la espalda y la camisa del vestido de torear. El sol le pegaba en la cara, la montera ceñida hasta las cejas, el brillo de los alamares, la arena amarilla bajo sus zapatillas y el tufillo de los caballos de los alguaciles delante de él.

Una tarde de toros más, esa familiaridad que se reviste de miedo, de incertidumbre y boca seca. Hizo una señal parecida a una cruz con la zapatilla izquierda sobre la arena, deseó suerte a sus dos alternantes y partió plaza tras los alguaciles. Esos pasos tan recorridos de tantas tardes, de tanto miedo buscado y contenido que desemboca siempre en un "buenatarde, Señor Presidente", montera en mano y poniendo la mirada de matador de toros hasta el palco lejano. El mozo esperando en las tablas para recibir el capote de paseo, con la Virgen de la Macarena bordada sobre la seda por las monjas de Triana, y cambiarlo por el pesado percal magenta para la brega. Era una liturgia que jamás permitía cambios; desde que comenzaba a vestirse en el hotel, acomodar recta la espiguilla negra de las medias, meterse en la taleguilla siempre viendo a la ventana, nunca a la cama, rezar a las estampas de los ciento cincuenta y siete santos y vírgenes desplegadas con antelación en un veliz especial que hacía de reclinatorio, con tres veladoras siempre nuevas: Dios Padre, Dios Hijo, Dios Espíritu Santo, encendidas con cerillas de madera. Una vez, el mozo de espadas les dio fuego con un vulgar encendedor Zippo y aquella tarde se llevó la cornada que le cercenó la femoral en tres partes, durante la corrida de Pamplona; el resto de la temporada perdida. Por situaciones como aquella, era irreductible en sus supersticiones.

Tomó el capote de brega, lo desplegó como una flor rosa enorme y dio unos cuantos lances de ensayo en el albero, antes de meterse por la tronera del burladero de matadores. Había entrado en personaje; se cubría así el primer acto de presentación de la tarde, la cual implicaba una primera conexión con el público, que incluía hasta la elección del color de los vestidos de luces: para Madrid, Sevilla, Bilbao y ferias importantes eran los malva, plomo, manzana y oro, para las otras plazas; ocres, tejas y butanos, a veces con bordados en oro y a veces en plata, pero el corbatín y la faja siempre en color vino de Burdeos, ese era su sello. Su público lo sabía y conectaba con él desde que tocaba con la diestra los maderos de las tablas de la plaza, hasta que salía en hombros o en ambulancia.

Como aquella tarde él era el segundo espada, en el callejón del ruedo se distendió un poco en lo que el compañero en turno se preparaba a la salida del primer toro. Buscó con la mirada al torilero que comenzaba a abrir la puerta de los sustos y al identificar la rutinaria escena torera, miró al tendido. Quedó pasmado al enfocar a una mujer en particular que estaba sentada en una barrera de tercera fila, era Julieta.

La conoció en Buenos Aires, una de esas noches en que su apoderado lo llevó de juerga, para que sacara el veneno de varias noches sin padrear y algunos días sin torear. Se encontraba de visita en un país austral, que nada tenía que ver con lo que hacía y donde no se lidiaba una corrida desde el siglo antepasado. Grababa una serie de comerciales con algunas estrellas del deporte y el espectáculo; una de esas mixturas de celebridades que coinciden en un lugar del mundo, para lanzar un mensaje solidario por alguna causa que parece de mucho fondo, y se olvidará sin que se cumpla el objetivo. Su carrera estaba en el punto climático, lideraba los primeros lugares del escalafón taurino español y desde tres o cuatro temporadas mandaba entre toreros, empresarios y ganaderos. Por eso, al segundo día en la ciudad porteña, estaba *más triste que un torero al otro lado del telón de acero*, como decía aquella copla de Joaquín Sabina. Buenos Aires se parecía a Madrid, pero indiano e italiano al mismo tiempo y con un puerto, cosa que a él le importaba una berenjena. Pipo, su apoderado, lo advirtió cuando estuvo a punto de ponerle de sombrero la bandeja del maquillaje al maquillista afeminado del set. Era duro para su torero tener que lidiar con su propio ego, además de ser incompatible con un tenista suizo, una soprano rusa, un jugador de cricket indio y demás personajes variopintos que engalanaban el comercial internacional.

Por eso, Pipo decidió darle un descanso esa noche. Lo sacó del set muy temprano y lo llevó a comer bife de chorizo a una parrilla por la salida a la carretera Buenos Aires – La Plata. Al matador, vestido con una estival chaqueta azul marino, camisa inmaculada y abierta hasta el cuarto botón, le comenzó a aflorar aquel aire andaluz a la tercera copa de Malbec en la noche porteña, viendo el Río de la Plata desde la costanera. Sabedor de los terrenos de los bravos, Pipo lo dejó emplazarse y entre el vino, las mollejas y el bife, el matador comenzó a dar de sí. "Como en los viejos tiempos, picha". El lugar era agradable y a la hora que llegó el digestivo, un trío improvisado tocaba un tango de arrabal.

Cuando su matador se asentaba, Pipo pasaba de ser su apoderado, al amigo que había sido desde que el torero oficiaba de maletilla, cuando él lo sacó del barrio de Valdezorras con la promesa de vivir del toro. Y en esas correrías, Pipo le conocía tan bien, que sabía cuándo apretar y cuándo aflojar la rienda de su brioso y temperamental matador de toros bravos. Tal era su conocimiento, que siempre encontraba la justa medida de vino y mujeres para que Rafael Altamira, El Niño de las Sierpes, matador de toros bravos, no perdiera nunca la embestida. Pagó la cuenta y pidió al chofer del Mercedes que los enfilara al lupanar que le había recomendado el cafisho.

Despertó y solo el rastro de su perfume quedaba en el lecho. Los cinco billetes de cien dólares en la mesita de noche habían desaparecido con ella. Aunque la cabeza le daba vueltas más allá de lo normal tras una noche de juerga, tenía el suficiente torque para que el recuerdo de los besos en su piel cosida a cornadas, le atisbara en su cerebro la calidad de la hembra suramericana que había pasado por su cama.

Había sido una noche loca; el vino y luego el coñac, habían fluido como ríos después de la cena. En el Mercedes, Pipo había desgolletado la primera Hennessy que bebieron a pico en lo que el chofer paraba en un estanco a buscar vasos desechables a guisa de copas. Cuando llegaron, en la botella apenas quedaba rastro de licor y se escuchaba en lontananza una pieza en forma de tango. Era una casa enorme, a la que hubo que llegar por una carretera interior de gravilla blanca, como en uno de esos palacetes provenzales de las películas de Marlon Brando. Descendieron del Mercedes y los recibió un chulo vestido de mayordomo, que hacía las veces de enlace con clave secreta, del cafisho que conocía Pipo. El Niño de las Sierpes estaba acostumbrado a un trato *vi-ai-pí*, donde su apoderado y mozos resolvían su vida cotidiana; algunas veces, al desvestirse alguna noche luego de algún trajín, notaba que no portaba billetera y todos los gastos habían sido erogados por su gente de confianza. Desde luego no era tonto y sabía que el pago de las juergas era siempre descontado de su alta nómina de primero del escalafón, pero ¿qué importaba? si para eso eran las pelas robadas a la muerte entre pase y pase de muleta, a toros con pitones que pasaban rozándole la piel. Así que caminó al lado de Pipo algunos metros del camino de gravilla, que a la postre se convertían en alfombra roja. El chulo-mayordomo hizo una reverencia ridícula cuando llegó al umbral de la puerta y entraron al salón.

El tango se había vuelto lánguido cuando el matador andaluz cayó en cuenta que una pareja bailaba en la pista de parqué de aquel salón a las afueras de Buenos Aires. Quedó petrificado con lo que veía: dos cuerpos que se movían acompasados como en un coito de vaivenes interminables; la mujer, una morocha vestida de negro, negras las medias de popotillo, su pelo negro recogido y engominado, era toda como una muleta negra.

La música moría y la bailarina mataba muriendo y caía postrada en brazos de su pareja. A pesar de la escasa iluminación, alcanzó a ver cómo el bailarín sostenía los últimos estertores de la hembra que mantenía en sus brazos, y un brillo de luz delató que tenía un garfio en lugar de su mano izquierda; un gancho puntiagudo y reluciente, astifino como el pitón de un toro, que hizo sentir a Rafael un fuego abrasador en el bajo vientre.

Llegó a la mesa del matador vestida como si fuera una mujer decente, enfundada en un chanel negro, de no ser por un escote provocador, que dejaba ver parte de sus senos pequeños pero turgentes, como naranjas del verano valenciano, revestidos por una piel tostada a fuego lento. El torero había hecho los prolegómenos de su encuentro, apalabrado cantidades y especificado propinas con el gerente del burdel. La dejó hacer; permitió que se emplazara como si la mesa fuese un redondel, le encendió el cigarrillo que se llevaba a la boca con la mano diestra y en automático, su vista se arrastró a la mano del garfio siniestro. Ella lo miraba como se desentraña la billetera de un cliente y pidió un vaso de Malbec. A Rafael le gustaba el juego; conocía su *performance* en la putería y le encantaba estirarlo lo más posible, hasta llegar al encuentro de la carne. Aguantó la embestida inicial de su mirada y conversaron sorteando varios temas; ella parecía divertida mientras él le contaba la inverosímil historia de que mataba toros bravos para ganarse la vida y poco a poco se iba dejando hacer, en ese juego de seducción ficticio pero vívido, del milenario negocio del amor comprado.

Cuando llegaron a la habitación del hotel, él ya sabía que se llamaba Julieta, que era natural de Luján, con carrera trunca de administración y prostituta fina por convicción propia. Pero seguía intrigándole el gancho y su procedencia, al mismo tiempo que le excitaba pensar en el frío metal. Todo discurría con la naturalidad de lo extraño cuando cayeron sus ropas al suelo, una a una, con más labor por parte de ella, pues él simplemente jaló el chanel negro con pericia, para que su cuerpo de morocha se le desbordara entre los brazos, mientras el matador terminaba de hacer lo que ella no quería, so pretexto del garfio, sin embargo, la sensación del metal frío que se le colaba en la piel le producía una excitación mayor. Lo que siguió fue un toma y daca de caricias que remataron en el último tercio del sexo negociado. Como un profesional de la tauromaquia, sabía que lo más valioso de la lidia es la estocada final, sin embargo, la estructura es la base de la faena. Así le gustaba jugar cuando iba de putas; hacerse de ellas, lucirlas, dejar ver todos sus atributos; le gustaba explorar, hasta donde pudiera, el alma de su rival-colaborador, así como cuando toreaba buscaba siempre, incansablemente, la casta y bravura de cada uno de sus toros.

Fue una batalla dura, una lucha de dos cuerpos feroces donde ella entendió desde el comienzo que poseía un arma que a él le resultaba irresistible: cuando Julieta se dio cuenta que el garfio era el objeto del deseo del matador, supo usarlo como un arma peligrosa y letal, que al mismo tiempo provocaba que la carne cosida a cornadas de las entrepiernas del torero se volcara en un morado solferino. Ella, curtida entre cafishos, sabía de heridas y cicatrices provocadas por tajos y botellazos, pero nunca había visto esos cortes en forma de carreteras con curvas. Comenzó a divertirse de verdad cuando comprobó que, al pasar la punta del garfio por ellas, su cliente vociferaba de placer; entonces sacó todo su acervo profesional y sin saberlo, pues en su vida había ido a una corrida de toros ni se imaginaba su significado, le hizo una faena de antología al Niño de las Sierpes, matador de toros, primero del escalafón, recalado en un hotel de la Recoleta, en Buenos Aires, Argentina, a miles de kilómetros del Barrio de Valdezorras.

Cuando su tremulante cuerpo le indicó que todo había acabado, solo alcanzó a preguntarle "¿cómo te has hecho lo del garfio?". Escuchó una explicación deshilvanada y sintió cómo se iba perdiendo, lenta e inexorablemente en un laberinto oscuro como las corraletas de una plaza de toros, y se quedó profundamente dormido. En ese entreacto, ella aprovechó para besarlo en la boca, con el más dulce de los besos, acariciando la piel velluda del pecho del torero, pasando la punta del garfio filoso justo donde advertía que, bajo los músculos y los huesos del tórax, se hallaba su corazón, palpándolo desde arriba, con una caricia, como si fuese una hoz, segando un campo inmenso florecido de trigo.

Había salido el primero de la tarde. Era un toro castaño, vuelto de encornadura. La mujer que parecía ser Julieta, se le había perdido por ver al toro que ya se emplazaba en el ruedo. Siguió con la mirada al peón que lo ponía en suerte al primer espada, pero nuevamente sus ojos fueron, sin riendas, a hurgar a la tercera fila del tendido. No la encontró.

Las primeras palmas le hicieron enfocar al tercio. El primer espada se estaba haciendo del castaño. Entraban los picadores al albero y él tenía que concentrarse más al tomar su posición en el ruedo. En la arena volvió a mirar al tendido, pero se sintió desubicado en cuanto a la posición inicial "¿dónde estaba si yo la he visto en la tercera fila?". El castaño arremetió contra el caballo del picador y como ese trance es lío de la cuadrilla, otra vez sus ojos se le fueron en desbandada al graderío, "tal vez se ha movío" pensó, mientras su mente se alejaba hasta la noche de Buenos Aires y cuando pasaba cerca uno de los caballos de los piqueros, el perfume de Julieta se le metió en el ánimo y su mente azuzó a su mirada para buscarla como un perro de presa. Recorrió todo lo que su cuello le permitía recorrer en un paneo casi cinematográfico, pero vio a los aficionados de siempre, con sus puros y sus boinas, sus mantillas, sus gafas y sus *iPhones*. Le pareció encontrarla cuando el grito de un peón lo regresó de vuelta al ruedo y vio venir al toro castaño directo a él, se abrió de capa instintivamente y el percal magenta despidió al bicho a contraquerencia. "¡Nunca le pierdas la cara, hostia!" se dijo para sí, avergonzado por estar desconcentrado y esperando que apenas se hubiese notado su desaguisado, por andar buscando a una mina de tango, imaginaria y perdida, en una plaza de toros de doce mil espectadores.

Al terminar el segundo tercio de la lidia del primer toro, Rafael se refugió en el callejón, algo le dijo Pipo que asumió como regaño por el descuido. Cuando el primer espada pedía permiso a la presidencia, se abandonó al recuerdo del garfio tocando su carne y del pelo negro, como cinco toritos negros. Un escalofrío le recorrió el cuerpo, tremolando brevemente los alamares del vestido. De pronto, y en el momento más inoportuno, se le venía a la cabeza su aventura en un país austral, justo en medio de una corrida importante y peligrosa, pero el recuerdo del frío del metal mezclado con el perfume y la turgencia, la trajeron a su mente de donde no la pudo sacar. ¿Qué le había dicho esa noche? ¿Qué fue lo último que le dijo mientras él se quedaba dormido, extasiado e inerme para no verla ni acordarse de ella hasta esta infame tarde de agosto?

¿De dónde había salido esa hembra magnífica con un garfio helado?

El primer espada finiquitaba sin pena ni gloria al castaño. "¡Pero si la he visto, lo juro por mi madre!" No era el momento de pensar en eso, saldría a enfrentarse a su enemigo, que no era cosa fácil, "así que a concentrarse ¡Jodé!, que no he de comé cocío de nuevo".

Aceptó el vaso de plata con agua de la damajuana que le acercó el mozo. Lo que quedaba del vaso se lo echó en el cuello para espabilarse un poco, acto seguido se caló la montera hasta las cejas y tomó el capote de brega con vueltas azules. Se acodó en el burladero de matadores, cerró los ojos, comenzó la oración que, como en un guion de teatro, rezaba siempre en la espera de la salida de sus toros y, cuando bajó la vista del cielo tras persignarse, la vio de nuevo; era indudable esta vez, no era el chanel negro de aquella noche, sino un vestido granate y su pelo negro, como cinco toritos negros, replegado, engominado y aderezado con un clavel rojo.

Un toro negro enorme, con cuernos como colmillos de mamut, venía justo hacia él desde su salida natural de toriles. A pesar de que su peón de confianza lo había tocado de salida, el morlaco remató con fiereza en el burladero de matadores donde se resguardaba El Niño de las Sierpes. Una astilla de la madera roja alcanzó su cara. El toro negro, como una pena, se lo quedó mirando con su ojo izquierdo en un instante que a Rafael le pareció una confesión de un malevo asesino.

Una vez que el cornúpeta fue cambiado al otro tercio por uno de los peones, el matador, pálido, salió del burladero astillado y se abrió de capa para instrumentarle tres, cuatro, cinco verónicas, desde el tercio hasta los medios, rematadas con una larga cordobesa apoteósica. Recogió la ovación. La adrenalina lo había enfocado a su profesión de matador de toros, ya no había tiempo de pensar en boberías. Cuando se acercó a las tablas para el cambio de trastos, vio a la mina con su clavel rojo que lo miraba de frente desde la quinta fila. Se concentró en los avíos que le tendía el mozo para no verla, pero al recibir los trastos volvió a subir la vista y ya no estaba ahí. Caminó hasta el punto del ruedo donde confluye en lo alto el palco del presidente y sintió su mirada de nuevo, esta vez desde otra fila y desde otro punto del tendido. "Con su venia, señor presidente", pero por más que su vista buscó al gordo de traje oscuro y corbata gris que fungía de presidente, encontró a cambio un tendido infestado de mujeres morenas vestidas de color granate con un clavel en el pelo engominado de todas ellas. No brindó en los medios para no atormentarse más. El astado ya estaba esperándole en el tercio de contra querencia. "¿Qué coño está pasando?" pensaba en pos de su encuentro, "Un buen doblón combinado con una ligazón que justifique y a otra cosa". Más pálido que nunca, Rafael intentaba concentrarse en su toro, pero el rostro de Julieta ahora se trasladaba del tendido a su mente y comenzaba ella misma a desvestirse de rojo con el garfio en la siniestra. El Niño de las Sierpes puso rodilla en tierra y le instrumentó tres derechazos al toro, cuando remató con un pase de pecho, Julieta, posicionada en su mente, se desvestía en una danza circular y macabra. Lívido, después de escuchar con los ojos cerrados la ovación para no ver a la mina de Buenos Aires, citó de largo al toro para luego hacerse de él, en un palmo de terreno, muy cerca, tanto, que veía el ojo izquierdo del astado, donde se reflejaba el baile de una desnuda Julieta que le mostraba el metal donde debería terminar su mano. "¿Pero qué coño me habéis dicho cuando me quedé dormío, maldita?" pensaba el matador cuando sintió el derrote seco al salir de un pase natural y sus carnes se rasgaban divididas en múltiples caminos de sangre, vísceras y arena amarilla, que después se tornó azul intenso, como el de las tardes de agosto, luego negro y luego rojo. Un pezuñazo en la cara lo llevó a un negro más negro que el anterior, donde apareció una morocha ataviada con un clavel en el pelo y con su mano diestra, hermosa y perfumada le acariciaba la cara, luego el pecho con el garfio afilado, como una hoz siniestra y le decía con una voz melodiosa: "te he dicho, muerta de amor, que alguna de estas tardes, muy probablemente, me verás volver".

Farsa

El atildado e impoluto señor Pérez fue a la farmacia a comprar klínex. Con una reverencia, extendió su venia a la dama que amablemente articulaba una sonrisa detrás del mostrador. La damita, regordeta ella, enfundada en una filipina blanca y entallada, tenía ojos pizpiretos y una plaquita que decía "Juanita", justo arriba de una extraordinaria redondez del lado izquierdo. Del lado derecho, había otra no menos fascinante y ambas estaban contenidas por un wonderbra rojo, rojo pecaminoso, que se dejaba ver por cierta transparencia de la prenda superior. Entonces, el señor Pérez, muy elegante, antes de pedir sus pañuelos desechables, dijo a la dama, preclaro:

—Buenas tardes bella damita ¿sería tan gentil de darme un paquete de klínex?

A lo que Juanita respondió *ipso facto*:

—Muy buenas tardes, amable caballero, hoy tengo para ofrecerle el paquete cuadrado de noventa pañuelos faciales en oferta, o si prefiere, el tubo con nuevo diseño psicodélico ¿cuál de todos le puedo dar?

El señor Pérez, derrochando primor, se ajustó las gafas de concha, dando a su rostro cierto aire de James Joyce y bajó la mirada para ver los paquetes, extendidos cual display en el mostrador, pero sus ojos se toparon de lleno con las redondeces de los pechos de la bella dama, que dejaban ver un poco el encaje rojo del wonderbra.

—Pensándolo bien, bella damita o ¿puedo llamarle Juanita?

—Llámeme por mi nombre, con toda confianza ¿señor...?

—Señor Pérez, Juanita. Si no es mucha molestia, muéstreme por favor algunos preservativos.

—No es ninguna molestia, señor Pérez, —dijo Juanita con una sonrisa de oreja a oreja— tenemos una amplia gama de condones, muchos de ellos en oferta por temporada. Permítame un momento.

El señor Pérez advirtió la circunvolución coqueta de Juanita, estirándose para alcanzar varios paquetes en el estante superior, dejando ver —sin querer, por supuesto— un trasero de formidables dimensiones.

—Mire usted señor... ¿Pérez? ¿Me dijo?

—A sus pies, Juanita.

Ella no pudo contenerse más y sus mejillas florecieron en un rubor primaveral.

—Qué amable —sonrió coqueta— verá usted, tenemos estos que son superreforzados, estos otros tienen un lubricante integrado ecológico, de nueva generación, y éstos de acá son de nueva línea y de lo más resistente; a prueba de balas... ¡Y son de sabores!

—¿Usted cuáles recomienda?

Juanita lo miró con sus ojos pizpiretos

—Le recomiendo los Black Power

—Muy bien —dijo el señor Pérez respondiendo a su pícara mirada—. ¿Sabe qué? Ahora que lo dice, también voy a necesitar Viagra...

—¿Viagra de 50 o 100 miligramos?

—De cien, por favor —guiñándole un ojo detrás de sus gafas.

—Viagra de cien miligramos... ¿el de Pfizer o sildenafil genérico?

—Juanita, en la vida algunas cosas tienen nombre y marca registrada... —filosofa el señor Pérez mientras que Juanita toma la caja y sus pizpiretas pupilas se reflejan en las gafas del falso Joyce.

—¿Algo más que le pueda ofrecer?

—Una botellita de agua para pasarme la pastilla.

—Cómo no, señor. ¿Sería todo?

—Sí, Juanita... Y... no quiero sonar maleducado, pero... ¿podría probar mi mercancía? —diciéndolo esto casi en secreto.

—¡Pero señor Pérez! ¿Aquí?

—Si usted me ayudara... Sé que el consultorio se desocupa a las siete...

—Señor Pérez —aduce Juanita, con voz provocativa— usted sabe que eso está prohibido, ¡pillín!

—Solo tomará un momento, unos quince minutos

—¿Tan poquito?

—Bueno, todo depende... ¿venden vino aquí?

—No, no ¡y no! ¡Pérez, no empecemos! ¡El otro día casi nos cachan! —susurra Juanita.

—Pero no pasó nada...

—¡Pero puede pasar! ¡Está prohibido! —casi gritando con voz de valkiria que levantó en automático el wonderbra.

—Es más, quita el Viagra de mi cuenta ¡ya no lo necesito! Anda Juanita, ¡mira!, ¡que no nos ve nadie!

—Señor Pérez —aduce Juanita con voz grave—, rectifico su pedido: una caja de klínex de noventa pañuelos, un paquete de tres condones marca Black Power, reforzados, de máxima duración, sabor grosella. Una caja de Viagra de cien miligramos con dos pastillas y una botella chica de agua Evian, serían seiscientos veintiún pesos con cincuenta centavos. Son las 6:42 de la tarde, salgo a las siete en punto. Le alcanzo en el motel de a la vuelta, mismo cuarto, vaya enfriando el vino y... tómese la pastilla. ¿Su pago va a ser en efectivo o con tarjeta?

Regrese mañana

Hay un hombre en la puerta. Lo estoy viendo desde los visillos, aún a varios metros de distancia. Se parece, pero no es. Desde luego, Emilio está muerto. Tú y yo fuimos al SEMEFO a reconocer el cuerpo, ¿te acuerdas? El hombre de la puerta sigue tocando. Me he acercado un paso más a la entrada. No, claro que no es Emilio. Emilio quedó desfigurado. Su cuerpo yerto estaba desguanzado sobre la plancha, entre los aromas del formol y de todos los menjurjes que usan ahí. Un enfermero... ¿Era un enfermero? Un achichincle, pues; los enfermeros son para los vivos, le pasaba una esponjita por la cara para terminar de quitarle los rastros de sangre seca. Tú llorabas todo el tiempo, no podías ver. Yo te decía Marisa, Marisa, cálmate ¿sí es Emilio? ¿verdad? Y tu llanto, que había comenzado tenue desde que Emilio dijo que iba a San Juan por lo de los puercos, comenzó a arreciar. Y no te dejaba ver. Yo tan ciega y tan miope que soy, y con toda la pena que llevaba después de tanto tiempo de no saber de Emilio, pues no sabía, no estaba segura.

El hombre sigue en la puerta, vuelve a tocar, esta vez más fuerte. Escucho su voz ¿se parece a la de Emilio? ¡Yo que voy a saber! Ha pasado tanto tiempo desde aquella noche del SEMEFO ¿Cuántos años ya? Yo que soy tan despistada para eso de las fechas, en cambio, tú sí te debes de acordar. Creo que era noviembre, por el altar de muertos que estaba en la entrada cuando llegamos; tú llorando, colgando de mi brazo. Lupe, Lupe, dime que no es verdad, me decías. Y yo, viendo como hipnotizada un altar de muertos, de muertos frescos, que llegaban a ese lugar a ser reconocidos por los que quedaban vivos. La sala de espera de la muerte, del camino eterno, con su propio altar de bienvenida, con cigarros, mezcal y cempasúchil. Los muertos ahí lo pasaban mejor que los vivos. Ya ni me acordaba del tiempo que tuvimos que esperar, y de todos los papeles que tuviste que firmar para que nos entregaran el cuerpo de Emilio. Y yo te preguntaba, Marisa, ¿es Emilio?, ¿estás segura? y con todo y tu llanto como una cascada silenciosa, jalabas el plástico negro que cubría su cuerpo desnudo para buscar su mano pálida, muerta ¡Marisa! ¡no lo toques! ¡no lo veas! ¡solo dime si es Emilio! Yo ya ni me acordaba del último día que lo vi vestido con el overol que detestabas y su sombrero mugroso, cuando se fue a lo de los puercos. Orita vengo, dijo. Y así pasaron los días, las semanas y conforme discurría el tiempo tu llanto crecía. Yo no sé cómo no llegaste marchita al SEMEFO de tanto llanto. Todavía en el velorio seguías llorando, pero para el entierro ya solo quedaba el cauce seco del cansancio y el hastío. Cuando nos llevaron el cuerpo de Emilio para velarlo, tú te encargaste de embadurnarlo con todas tus pomadas, de ponerle el único traje que tenía, sus zapatos de charol. Ya ni supe qué tanto hacías. Seguías llorando sin lágrimas, seguías incriminándole sin lástima. Yo no quise ver, me entretuve buscando las flores para los floreros y los cirios para el velorio. Había tanto que hacer que cuando lo vi en la caja no lo quise ver. No quería saber nada más de Emilio. Que se vaya, que se muera. Después de todo, él se fue, sin avisar, sin decirnos nada, sin darnos una simple razón más que un orita vengo, voy por lo de los puercos a San Juan.

Abro la puerta, él se parece a Emilio, dice que es él ¿Será? Me dice que son las barbas, que ha regresado, me dice ¡Lupe, soy yo! No puede ser. No señor, Emilio está muerto. Vimos su cuerpo desquebrajado en una plancha maloliente, lo velamos en esta misma casa y rezamos después un novenario que se hizo perpetuo. No sé de que me habla. No sé quien es usted. No, mi hermana no puede atenderlo. Regrese mañana.

Cuestión de negocios

El 12 de julio de 1898, en la ciudad de Mérida, la familia Ponce Palafox se encontraba de plácemes; la hija mayor del matrimonio, Francisca del Refugio, quien era pretendida por el ilustre señorito Juan Rafael Barbachano, sería pedida esa tarde en matrimonio. Para Don Joaquín Ponce, padre de la bella jovencita de apenas dieciséis años, esa tarde significaba el anhelado sueño de unir a su familia al nombre poderoso de los Barbachano.

Si bien, los Ponce Palafox eran una acendrada familia yucateca, la economía particular de don Joaquín no iba tan bien como algunos pensaban: malas decisiones tomadas por él y sus hermanos en sus negocios ganaderos, aunado a la crisis por la que se había sumergido la región, derivaron en una merma del peculio familiar y una disminución considerable de los negocios antes frecuentes. Por esta razón, cuando Anita Palafox, su esposa, le habló de las miradas furtivas que notó durante las misas pascuales en la catedral, entre el señorito Juan Rafael y la pequeña Francisca del Refugio, don Joaquín vio en ello la razón para edificar un negocio lucrativo y de por vida.

Inmediatamente dio instrucciones a su bienhadada esposa para que el pequeño retoño de su amor socializara más, se dejara ver; que un paseo a media tarde en la plaza, que una marquesita en los portales; que el té de los martes con las Sánchez Fuentes, íntimos de los Barbachano y entre tanta exposición social, en un ágape tras otro, Francisca del Refugio Ponce Palafox, más entretenida en la confitería y la botana, fue vista por los ojos del señorito, quien admiró su crin de potra zaina y todas las crinolinas de su bello vestido de géneros parisinos. Entre volován y *vol-au-vent*, la bella Francisca del Refugio fue galanteada por el señorito Juan Rafael, quien se embelesó con su cara de rosa y aires de princesa y vislumbró en sus carnes que se sometían a las sedas del vestido, a la madre de su futura descendencia.

La relación comenzó a fraguar, cuando la grácil Francisca del Refugio asistía, acompañada siempre por su madre, a algún evento de elocuencia social en el que, previo acuerdo, asistiera también el señorito Juan Rafael. La docilidad de Francisca del Refugio era un cúmulo de ternura, y sus ojos se derretían no tanto a los ojos del señorito, quien anhelante ya la esperaba, sino al ver los platones y charolas que en cada palacete del Paseo Montejo al que asistían, la aguardaban ansiosos para que sus manitas terminaran de desenguantarse y probar todas las delicias contenidas.

Pero aquel 12 de julio, cuya fecha sería memorable al fijar la unión de dos insignes familias, jugó una traición a la historia. La cena discurrió sin novedad aparente y los distinguidos miembros de las dos familias reunidos en la casona, que por fin vería los brillos de nuevos oropeles en sus gobelinos, cenaron lechón, venado, potajes, quesos rellenos y otras delicias yucatecas. Francisca del Refugio apenas miraba el diamante solitario de su dedo anular por sujetar correctamente el tenedor de plata y llevar las suculencias a su boquita impoluta de pecado.

A la hora de los postres, cuando don Joaquín había terminado su discurso con el cual uniría en la prosperidad a los Ponce con los Barbachano, pidió a su retoño de alhelí, su Francisca del Refugio, que se levantara y caminara a su lado. Ella, con un dejo de coquetería, hizo a un lado el plato de porcelana en que saboreaba un atropellado de coco, con la cucharita de plata apartó brevemente el merengue restante, respiró profundo, tomó los vuelos de las crinolinas de su vestido de organdí y el envión de su anatomía al levantarse de la silla dejó escapar un voluptuoso, enorme y gaseoso pedo.

Si el sonido de la flatulencia pareció durar una eternidad, el hedor fue un canto elegiaco del demonio. Sulfuros perversos inundaron el salón; los Barbachano, que por más que las buenas costumbres intentaran retenerlos, comenzaron a acercarse a la mayordomía a pedir sus guantes, bastones y sombreros. Una lágrima corrió por la mejilla del señorito Juan Rafael, pero cuentan quienes lo vieron que no era de tristeza, sino por el fétido aroma que le provocaba picazón en los ojos. Uno a uno, los invitados comenzaron a marcharse, algunos intentando guardar los protocolos sin conseguirlo, otros desde sus carruajes hacían señales al viento, mientras Anita Palafox de Ponce se derretía ante el escarnio que la acometía, incesante, viendo de reojo a su hija Francisca del Refugio, que poco a poco se dirimía en Paquita y, sin inmutarse mucho, hincaba la cuchara de nuevo en los restos del postre.

El incidente se propagó rápido por toda Mérida, tanto que al otro día ya se conocía en Campeche con lujo de detalle y hasta con algunos añadidos de color. Cuentan que hasta en La Habana se puso de moda una contradanza para relatar el acontecimiento. Don Joaquín trató por todos los medios posibles de silenciar el pestilente embrollo e invirtió el resto de su fortuna en un viaje ultramar, de último momento, para ocultar a Paquita, en lo que se desvanecía el aroma de todo chisme.

Paquita, antes Francisca del Refugio, se dio la gran vida en Madrid saboreando chorizos y cocidos. En París acabó con la volatería y la caza en cuanto café aparecía, y en Bruselas, la sopa de col fue su adoración. Cuando volvió a Mérida, regordeta, hermosa y cachetona, pero sin el diamante solitario de su dedo anular, don Joaquín había dilapidado la hacienda que le quedaba. El suceso fue legendario y ya en el siglo XX, algunos cronistas simplificaban lo sucedido, afirmando que aquel había sido el pedo más caro que alguien se había tirado en Mérida.

Viaje redondo

ACERCÓ LA LUMBRE Y FUE JALANDO el humo seco y verde del churrito que ella misma había forjado. El disco de *Dead Can Dance* sonaba en el ambiente como parte del ritual de siempre, como una primera llamada del espectáculo que seguiría y tendría su desenlace. Siempre sucedía lo mismo, en los primeros jalones tenía ganas de toser, pero se aguantaba como las machas para que le pegara más duro, así le había dicho Pablo, en la preparatoria, cuando se fumó el primero con él, acunados en el suelo y recargados en las jardineras de azucenas florecidas. La música la había implementado tiempo después, cuando otra amiga, más pacheca que ella, le enseñó los placeres de la mota en solitario y a masturbarse con dos dedos.

Cuando había terminado de entrar todo el humo a sus pulmones, la música iba casi siempre en búsqueda del desenlace. Seguía alguna pieza previamente dispuesta (en un cassette grabado ex profeso, o en un *playlist* de su iPod) según el estado de ánimo que quería provocarse.

Se preciaba de ser una mujer inteligente; madreada por la vida, pero no tan pendeja, eso sí. Por eso no había terminado como la amiga aficionada al orgasmo clitoriano, que acabó muerta, como supo años después, porque a pesar de la mota y sus autocomplacencias genitales, le siguió metiendo a porquerías más fuertes y se murió —según le dijo el Chubby, cuando se lo encontró casualmente en un Superama— ahogada en su propio vómito por una sobredosis de pastillas, cocaína y whisky. Al menos habrá muerto como los del Club de los 27, pensó.

Del iPod salió *Take Five*, puesta a propósito para el segundo tiempo, la llegada al aeropuerto: inicio del despegue... "Señores pasajeros, bievenidos al vuelo de *Greeeeeeeeen Airlinessssss*, gracias por viajar con nosotros, a nombre del capitán y la tripulación, agradecemos su preferencia. Sujete su trago y póngase cómodo, que vamos a despegaaaaaar".

Ese era el momento más sabroso; cuando sentía que la mariguana comenzaba a navegar por su cuerpo y las dendritas de las neuronas de su cerebro iniciaban una danza hawaiana con destino a la felicidad.

Y es que necesitaba relajarse, carajo, su vida estaba trepada en un alambre de malabares; entre la oficina, dos divorcios y las broncas de dinero que de repente se presentaban. Pero, sobre todo, no era fácil ser madre de estos dos chamacos que están en la mera edad de la punzada, "Lalo ya va de salida, a sus diecinueve parece que ya está entendiendo la vida, pero, ay Susana, ¡Susanita méndiga!".

Por la bocina amplificadora del iPod se instaló *Mediterráneo*, de Serrat. Se acordó de Gustavo Cauduro. De su guitarra. De su miembro inmenso devastándola interminablemente en las noches de aquel verano en Cuernavaca. "Ah, maldita sea ¿Qué habrá sido de Gustavo?". No supo nada más desde que sucedió lo que sucedió. Su mente, como un chango, brincaba de una liana a otra. Ella sabía cómo funcionaba este recreo mental, por eso, a sus más de cuarenta y cinco, lo seguía haciendo cuando los hijos le daban una pausa de sábado y se podía escapar a fumarse un churrito sin que nadie la viera. Era su válvula de escape; el "punto de purga" como alguna vez escuchó decir a Gustavo Cauduro. "Pero ¿en qué estaba pensando? Ah, sí, en Susana, esta niña, que se va al antro hoy, por primera vez, tan chiquita, parece mentira que ya tenga quince. Cómo pasa el tiempo". Susanita que se quiere poner esas minifaldas tan cortitas y ese exceso de maquillaje que se usa ahora. Ese vestido azul, se le veía tan lindo. Pero qué bueno que la había convencido para no llevar el rojo "¿De dónde salió ese vestido rojo tan putanesco?" Ella no recuerda haberlo comprado "¿Sería su padre? Ese desgraciado que sólo los maleduca cada vez que los ve. A Lalo lo sobrecompensa y malcría; ¿qué diablos hace regalándole ese carro? Que se espere a que termine la carrera, porque la prepa es una cosa, pero la carrera es otra ¿qué tal que no le gusta?".

No, sus hijos ya no son unos niños; Susana se fue hace rato con su hermano, al antro, por primera vez. Se fue con esos tacones tan altos "Jajaja, casi se cae, jajajaja". Y aunque la visualizaba con ternura, volvían las carcajadas; la pequeña Susana, con sus quince años recién cumpliditos, su cuerpo delgado y fresco, con toda la lozanía que da la primavera de la vida, "todo en su maldito lugar" pensaba.

Las carcajadas cedieron a una risa floja con algunas lágrimas de remanente y dieron paso al primer aviso de su laringe que pedía a gritos algún lubricante líquido, estaba totalmente relajada; el viaje encontraba su punto de equilibrio: "Señores pasajeros, su atención por favor, en estos momentos estamos alcanzando el nivel de altitud correcto. Usted puede desabrochar su cinturón de seguridad, encender sus aparatos electrónicos y, si así lo desea, tomar un trago en nuestro bar. Disfrute su vuelo".

Una risita mustia salió de su cuerpo, ese que alguna vez fue, incluso mejor y más voluptuoso que el de Susana; "Mi cuerpo es mi templo, amiga". Claro que fue su Templo de la Perdición, vaya que le dio vuelo; cuando tenía la turgencia de su hija ella ya se había acostado con la mitad de los chicos de la prepa del Simón Bolivar, se había fumado los suficientes churros de mota para saber distinguir sus diferentes tipos y sabores: *White Widow, Moby Dick, Golden Acapulco, Sensei Star*. Había experimentado con ácido lisérgico casero que un noviete hacía, con una mezcla rara de elementos robados de la tabla periódica en los laboratorios de la Facultad de Química en CU. En una escapada se había ido a probar peyote a Real de Catorce con su amiga digitadora de orgasmos clitorianos y un par de subnormales más y cada fin de semana, inequívocamente, armaba un reventón en el *Vogue* o en el *Bandasha* (cuando era *"El" Bandasha*), donde corrían ríos de ron Bacardí Añejo y terminaba por acostarse con el que pudiera aguantarle el paso, hasta que recalaban, a las seis o siete de la mañana, para el monchis, en el Gran Rábano, comiendo algún caldo caliente y picoso y alternando con la peluzada de Mixcoac.

Cuando terminaba de pensar esto, que era como una vivencia, ya regresaba de la cocina donde, como un autómata, como robot del siglo veintitrés, había sacado una botella de cerveza del refrigerador, destapándola como camionero experto del siglo pasado y deglutiéndola como educada dama de estos tiempos. Era un trago largo y sintió cómo la epiglotis se abría para dejar paso al líquido amarillo burbujeante, que caía en una cavidad reseca, ávida de humedades, como una selva virgen. "Gustavo, ay Gustavo ¿qué fue de ti?" Solamente se acordaba del ingeniero cuando estaba drogada, tal vez era parte del encanto de fumar la yerbita que ataranta y relaja. Se tiró en el sofá y dejó que sus dendritas locas se fueran lejos, lejos. Tan lejos como el lugar donde estaría Gustavo, más allá de la casa de Cuernavaca, llena de buganvilias groselleantes, con su alberca donde sus desnudeces se hacían una. Él era el chico fresa, nunca fumaba mota como Pablo, y se convirtió en una obsesión; por eso ella lo asedió, le dio caza acosándolo como algunas tribus del África Septentrional acosan a los leones, sin darle tregua entre la cafetería y el aula, entre la cancha de básquet y el estacionamiento donde lo aguardaba su Volkswagen azul, siempre impecable y sin un solo choque, lavado todas las mañanas a pesar del invierno, a pedimento de su padre que se lo entregó prestado con esa irreductible condición diaria. Y así, una mañana que lo vio llegar al estacionamiento en su maquinita azul, fue cuando le habló por primera vez. Él iba en el sexto bé y ella era del sexto á, era enero y hacía frío. Gustavo siempre aparecía en el cuadro de honor e intuía que ella era una de esas loquitas que había que evitar a toda costa. Sin embargo ella se le fue metiendo como una hiedra venenosa, sembrándole de sonrisas el estacionamiento de dos grados centígrados sobre cero a las diez para las siete de la mañana, haciéndose de él, llenando de confianza su cuerpo de poste basquetbolista para que, finalmente, faltando dos minutos para las siete de la maldita clase de cálculo diferencial integral, el vochito impecable enfilara hacia los volcanes, impetuosos y enhiestos, que se alcanzaban a ver sobre la Calzada de Tlalpan. ¡Uhhhh! Fue tal su vehemencia que tiró la cerveza de la mesita, pero sus reflejos no estaban tan mustios y la levantó en seguida, derramando sólo un poco de líquido.

Fue por un bonche de magitel a la cocina, que enrolló en su mano de mamá y secó los restos. Mano de mamá. Su pensamiento quedó fijo en esa frase. Susana se veía tan bonita, tan dulce. Le dijo que no tomara mucho, que tuviera cuidado, que en los antros no todo lo que te sirven es lo que es, y hasta le dio una guadalupana bendición como cuando la dejaba en la escuela. "Pero, ¿por qué diablos los chicos de ahora todo lo confrontan?" Se fue, toda trompuda y enojada, si lo que le había dicho su madre fue por que ella ya pasó por esas.

Lou Reed la regresó a su viaje. Dio un trago grande a la media cerveza que le quedaba. *Satellite's gone up to the skies*, decía Lou. "Esta mota de ahora pone más duro que las de antes, ¿le echarán algo?" le dijo una dendrita a una neurona de su cerebro, y se imaginó la escena. La risa fluyó, sola, irremediablemente sola en esa casa, casa de una doble-divorciada con dos niños. ¿Eran niños?, ya no. Tenía que aceptarlo.

Pero Cuernavaca apareció otra vez, con su Zapata en caballo volador en la entrada de la carretera libre que le impactaba cada vez que lo veía, con su machete en la diestra reclamado tierra y libertad. Pero mejor aún, las quesadillas de Tres Marías, y la consumación de la pinta con un beso tierno que le plantó a Gustavo, así como así, mientras él miraba sin ver los cerros cubiertos de nieve de enero. La luz azul de la complicidad los abrasaba hasta que llegaron a la casa de Civac.

Les abrió la reja de herrería el velador y Gustavo, en corto, cuando bajó de la nave azul, le dio discretamente un billete con la cara de la Corregidora diciéndole que tenía que hacer una tarea de cálculo diferencial integral con la señorita, que pronto llegaría el resto de los compañeros, que regresara a su casa por hoy y que no le dijera nada a su papá.

Aunque era enero y hacía frío a pesar de estar en la parte cálida del pueblo, sus cuerpos se trenzaron desnudos buscando calor para enfriar la pasión. Se metieron a la alberca llena de buganvilias yermas y se besaron con frío para arrasar el calor que el invierno exasperaba. "¿Por qué haces esas caras tan cagadas?" preguntó ella en el preludio del amor acuático "Porque es la primera vez que te veo encuerada" le dijo, con una cara de palurdo sincero, que arrobó su corazón. Lo besó hondo y sintió que por fin entraría a la clase de cálculo diferencial con una real motivación para aprender algo. El sol los encauzaba y se acoplaron por fin, abrasados como caracoles marinos y hermafroditas y ella sintió el poderoso tentáculo que la interrogaba por dentro, y vio el sol y el cielo azul de invierno de Cuernavaca, y a pesar de que ni siquiera era medio día, vio estrellitas.

Así estuvieron en ese día que ella nunca olvidó.

A partir de la pinta de Cuernavaca, Gustavo salió con ella todo el verano y la llevó a sus juegos de básquet donde oficiaba de poste, pero ella detestaba que la confundieran con una porrista sin borlas ni uniforme. Por más que intentó caminar por el lado correcto

de la acera, la fiesta en el *Bandasha* la llamaba y la se-
ducía como un gitano agazapado, prometiendo buena
fortuna.

Cada viernes ella le rogaba que salieran, que fueran a la disco a bailar; que regresarían temprano y so-
brios, pero él argumentaba el juego del sábado y que
no podía desvelarse, y que no le gustaba tomar, y terminaban tomando café en la casa de ella o la casa de él,
viendo televisión como esposos antiguos.

Ella comenzaba a quererlo y a descifrarlo como
una de las derivadas de cálculo diferencial. Le gustaba
cómo era; su seriedad, su compromiso inherente a una
disciplina de militar que tenía muy clara para convertirse en ingeniero. Tanto le atraía Gustavo, que hasta
pensó en cambiar de vida; dejar la fiesta y pasarse del
lado de las señoritas fresas, educadas y estudiosas que
no salían de casa, salvo a la escuela y a tomar un asép-
tico café en VIPs, de la mano de su novio formal.

Pero el gitano agazapado saltó y la atacó una noche.
No pudo más y se fue al *Magic* con la recua de amigos
de siempre. Era tal su sed de fiesta que terminó con-
gestionada de Bacardí en el baño de damas. Gustavo
la rescató, a pedido de sus amigas que lo despertaron
con una llamada telefónica para que fuera por ella. "Si
tanto te gusta la fiesta y las discos, no tiene caso que
sigamos" le dijo Cauduro, después de cuidarle la resaca
aquella mañana, con alka-seltsers y aspirinas, renun-
ciando a sus labores de basquetbolista. Y ella puso cara
de circunstancia, como si la ofendida fuera ella. Y el verano con Gustavo se acabó en septiembre, justo en las
preliminares universitarias, porque ella no supo domi-
nar su orgullo indomable. Porque ella decidió ser libre
de cualquier yugo. Libre de cualquier control.

"Señores pasajeros, su atención por favor, en estos momentos estamos descendiendo y nos preparamos para el aterrizaje —a la puta realidad—, por favor prepárense para el descenso con un rico monchis en la cocina".

Con toda la hueva del mundo, como cuando se va al lavabo de primera clase en un vuelo transatlántico, se dirigió a la cocina a prepararse unas quesadillas —o lo que hubiera en el refri— Tenía la boca pastosa y seca, la cerveza que tomaba ya estaba tibia. Sonaba Stix en el amplificador del iPod "...*These are the worst of times, I do believe it's true...*" Tenía más hambre que ánimo para cantar el estribillo del final. Abrió la puerta del refrigerador, encontró una especie de prosciutto en el compartimento de las carnes frías, arrancó una loncha y se la llevó a la boca de manera apremiante, en lo que buscaba algo de pan en la alacena. De repente, sin aviso previo, escuchó ruidos en la cochera: un auto que llegó a la carrera, el ruido de la puerta eléctrica, voces y gritos. ¿Gritos de Lalo y Susana? ¿Seguía pacheca o eran realmente sus hijos los que vociferaban en el garaje? Las voces de Lalo le confirmaron que su vuelo aterrizaba de emergencia. Cuando lo vio por la ventana de la cocina, cargando a Susana semiinconsciente, salió corriendo al encuentro de sus dos vástagos. Vio a Susana, en brazos de su hermano, despeinada y pálida, los ojos medio abiertos con el rímel corrido. El vestido azul, que unas horas antes lucía flamante, ahora tenía rastros de un vómito amarillo granulado.

—Pero... ¡¿Qué pasó, hijo?!

—Nada mamá, que esta pendeja sólo aguantó dos tragos.

—¡Eduardo! Respeta a tu hermana —y le arrebató

a su hija con fervor de madre.

Entre los dos subieron la escalera principal con la quinceañera semicolapsada, con una escala en el baño de visitas para que vomitara nuevamente. En ese momento el hermano hizo una cara de hombre de negocios a su madre, como diciendo "yo ya cumplí al traer el bulto a buen recaudo". Dio media vuelta y ella lo escuchó desandar sus pasos hasta subir al auto y arrancar en la noche.

La niña amagó una arcada más. Sus ojos eran rendijas con rímel negro que formaba nervaduras como ríos. Ella la arropó con sus brazos y la besó en la frente al tiempo que limpiaba con una toalla parte de las suciedades. Cuando sintió que su hija se recuperaba un poco, se incorporaron lentamente y la llevó, despacio a su recámara. La desvistió y la metió a la cama. Susana era un pequeño fardo. Aprovechó entonces para ir a la cocina.

Cuando bajaba la escalera sintió su cuerpo cansado, como cuando se regresa de un viaje transatlántico de madrugada, con *jet lag* y en clase turista. Como un relámpago vio a Susana, prístina y nerviosa, enfundada en su vestido azul. Luego se vio a sí misma, en las fiestas del *Bandasha*, caminando por la barra, borracha y perversa. Al final vio a Gustavo, el que no la quiso, el hombre que ella amó sin que ella misma lo supiera. Una lágrima lánguida escapó por la pradera de su mejilla. Buscó entonces una botella de agua fría, un vaso y alka-seltsers, los necesitaría al subir al cuarto de Susana.

El corrido de Ana Bertha

Voy a contarles lo que ocurrió en 1960, en el cabaret La Fuente, en el entonces Distrito Federal. Ana Bertha Lepe y Agustín de Anda se iban a casar. Llevaban harto ya de novios y eran la pareja sensación. Ana Bertha había ganado concursillos de belleza de a uno por uno; luego vino su *big hit*, que fue ganar Señorita México y esto la llevó a ser cuarto lugar en Miss Universo 1953. Se tuvo que tragar el entripado al ver coronarse a Christiane Martel, una francesita de nariz respingada y culo de ensueño, que a la postre vino a México a rodar películas y terminó casada con el hijo del expresidente Miguel Alemán, que a su vez la quitó de trabajar en la farándula para lucirla como esposa de político.

La cosa es que Ana Bertha era muy luchona, le ponía ganitas, pues, y su padre, don Guillermo, que era un militar ya retirado, le echó el ojo al interés y decidió capitalizarla.

—Véngase m'ija, que hora voy a ser su mánager —le dijo —¡Que se vayan a la porra todos esos que la quieren explotar!

Y así como explotador, explotador, don Guillermo no era, solo que ponía a Bertita a trabajar de sol a sol; en la mañana en el rodaje de una película, en la tarde clases de actuación y en la noche al cabaret. Por su puesto, el viejo, gordo y abusador, era el que cobraba y se relamía sus bigototes tapatíos con toda la lana que su hija le generaba.

Con todo y eso, Ana Bertha se dio sus mañas y conoció a Agustín de Anda un mediodía en los Estudios Churubusco; ahí andaba él, vestido de charro en el set, con su carita de "las traigo muertas". Sus amigas le decían:

—¡Aguas, Bertita! que este es un *junior* y bien mujeriego.

Pero a Ana Bertha le pudo una pura y dos con sal y terminó saliendo con el hijo del productor de moda del cine nacional. Cuando lo supo don Guillermo, pues no le quedó más que hacerse un poco el desentendido y voltear pa'otro lado, finalmente Agustín era el "ojito azul" de don Raúl de Anda, ya vería el modo de capitalizar el noviazgo con más contratos de películas de charros contra gángsters.

Y ahí andaban los dos tortolitos, muy enamorados en el Cádilac convertible del *junior* por toda la ciudad; hacían todo juntos y uno acompañaba al otro desde la mañana hasta la madrugada, que acababa con el último acto de Ana Bertha en el cabaret La Fuente. Pero aún así, bien ganosos los dos, se daban sus escapadas a esos rinconcitos oscuros que tenía la capital por esos años, y en una de esas, bien enamorado, Agustín puso rodilla en tierra, sacó una sortija y le pidió matrimonio a Ana Bertha. Ésta se puso más contenta que cuando le dieron su diademita en Miss Universo y luego luego hizo planes.

—¡Pérate, pérate! —le decía Agustín —que todavía

no acaba tu contrato en el cabaret y yo tengo que filmar unos cortos.

Un domingo fueron a Gayosso; el exesposo de Evangelina Elizondo había matado de tres tiros a Ramón Gay, amigo y compañero de trabajo de Evangelina, mientras platicaban en su carro. Cuando Ana Bertha hizo guardia con Agustín al lado del féretro con los restos de Ramón, sintió un escalofrío que le recorrió toda la espina dorsal, como una corriente eléctrica.

Ya entrada la noche, en el cabaret, Agustín cenaba en una mesa mientras veía el número musical de su *fiancé*. Cuando estaba en los postres y el café, Ana Bertha acabó de cantar "Bésame mucho, como si fuera esta noche la última vez" y el capi Ambrosio se acercó para decirle:

—Joven Agustín, don Guillermo quiere hablar con usted.

—¡Malo está Felipe! —pensó para sí—.

Y es que el futuro suegro no era santo de la devoción de Agustín, quien también era de Jalisco, bien machito y de armas tomar. Nadie le andaba tronando los dedos.

—¿Qué pasó don Guillermo?, ¿pa'qué soy bueno?

—Pos aquí, no más. Pa'decirte que eso de tu matrimonio con Bertita no más no me cuadra.

—¿Y qué quiere que le diga don Guillermo?

—¡Pos que no se casen! Por lo menos hasta que acabe su contrato acá en el cabaret.

—Pues ¿qué cree don Guillermo? Que sí nos casamos —le espetó Agustín echándole una miradita de mafioso de barrio—. Ya están corriendo las amonestaciones y la semana que viene comenzaremos a repartir las invitaciones, ¿cómo la ve?

—Pos eso está por verse, muchachito. Bertita

necesita un hombre ¡no un escuincle caguengue como tú! —Esto terminó por enchilar a Agustín.

—¿Pues qué le parece si le digo, viejo pendejo, que Ana Bertha ya fue mi mujer? ¿cómo le quedó el ojo?

—¡Salte pa'juera, hijo de la chingada! ¡vamos a solucionar esto como los hombres!

No llegaron ni a la escalera. Cuando estaban bajando el primer peldaño, Agustín metió la mano en la bolsa interior del tuxedo para sacar un cigarro, don Guillermo lo interpretó como que iba a sacar su arma y ni tardo ni perezoso sacó la suya, un revólver *Smith & Wesson 38* recortado y le metió dos plomazos a quemarropa.

En el camerino, Ana Bertha Lepe se preparaba para salir a su acto final cuando la recorrió la misma corriente eléctrica en la espina dorsal que sintió horas antes en Gayosso, entonces el capi Ambrosio le avisó que algo grave le había pasado a su novio.

Agustín murió camino al hospital, no alcanzó a ver la mirada lánguida de Bertita por última vez. Don Guillermo, aún en la escalera, recogió la cajetilla de Lucky Strike que dejó caer el muchacho cuando recibía los impactos de bala, encendió un cigarrillo, pidió las llaves de su Chevrolet Bel Air y se marchó por Avenida de los Insurgentes.

Y aquí acaba la historia de Ana Bertha Lepe y el malogrado Agustín de Anda. A don Guillermo le dieron diez años de cárcel, de los cuales a los cinco salió y a los tres se murió. El papá de Agustín vetó a Bertita del cine nacional; ningún productor, ni director de prestigio le dio un solo papel importante, y de esa espléndida yegua de competencias internacionales, solo quedó una triste mujer alcohólica y obesa, que nunca más, el amor encontró.

Mafalda se desdibuja

Y cuando uno está aquí y no tiene
ganas de decir nada... ¿Qué?

Felipe

REUTERS. 8 DE OCTUBRE, 2020. Sin dejar nota póstuma, María Lavado Merello apareció sin vida la tarde de ayer, en un hotel a las afueras de Cancún, en México. El cuerpo yerto de la hija del famoso historietista Joaquín Salvador Lavado, alias Quino, fue encontrado cuando miembros del equipo de seguridad del hotel Sueño Natura revisaban las habitaciones debido al paso del huracán Delta, que azotó la zona desde la madrugada del miércoles. Al parecer, Lavado se escondió en su habitación desde el martes para evitar ser trasladada a un refugio en el citado puerto turístico. Ahí, decidió quitarse la vida mientras escuchaba un *playlist* con una mezcla de corridos mexicanos y música de los Beatles. Ha trascendido que se encontró una botella de Gin Larios prácticamente vacía y varios *blisters* de Midazolam, un fármaco utilizado como somnífero potente.

La exestrella de tira cómica, también conocida como Mafalda, de 56 años, había arribado a Cancún para tomar el sol y descansar, antes de develar una estatua conmemorativa de Memín Pinguín, en la Ciudad de México, el fin de semana siguiente. No se sabe, a ciencia cierta, si la deprimió el mal tiempo, o sus recuerdos. Hija del recientemente fallecido Joaquín Salvador Lavado, fue fruto de un amor de ocasión con la cantante de tangos Tita Merello. La madre decidió tener a la criatura en su vientre, pero al nacer se la dejó a su padre, alegando que sería más fea que ella. Según algunos biógrafos, la niña fue concebida sobre una lavadora-centrifugadora marca Manfield, donde Tita Merello entregó el tesoro de su intimidad a Lavado, que, mientras le hacía el amor con desenfreno, la Merello le susurraba al oído el tango que le daría fama y fortuna: *Se dice de mí.*

Cuando la niña tuvo cierta edad, Lavado decidió debutarla como tira cómica, después de un largo *casting* donde se incluyeron a Felipe, Susanita, Manolito y demás integrantes de una pandilla infantil que interactuaba en el barrio de San Telmo. Para proteger su identidad, Lavado cambió el nombre de su hija María, por "Mafalda". El éxito de la tira cómica se debió a que la misma María promovía la dinámica del elenco; los biógrafos autorizados señalan en varios artículos que Mafalda, a su corta edad, revisaba ella misma las tiras que aparecerían a la semana siguiente el "El Mundo"; su padre siempre tomó en cuenta la visión de su hija y ajustaba a los personajes al rigor de la trama. Joaquín Lavado nunca supo si él dibujaba a María o si Mafalda argumentaba por él.

La tira tuvo un gran auge hasta que, en 1973, María (es decir, Mafalda) tuvo un lío ideológico con

Susanita, donde además estaba involucrada Libertad, quien, poco a poco, se convertiría en su mejor amiga. Pidió a su padre salir de escena y mantenerse al margen por algún tiempo. En algunas publicaciones de la época, se especuló que había sido intoxicada con sopa. Corrieron versiones no confirmadas de que había sido arrollada por un camión militar, mientras ella gritaba consignas patrióticas y libertarias. Sin embargo, a partir de ese año, poco se supo de la vida pública de María, hasta que reapareció en 1981, cuando contaba ya con dieciocho años; fue en una playa de la Barceloneta, en España, donde fue fotografiada *topless*. La revista ¡Hola!, en su especial de verano, titula el reportaje: "Mafalda enseña sus tetas libertarias" mostrando varias fotografías a color del suceso, en un reportaje con imágenes captadas por un *paparazzo*, y una breve crónica: la exestrella de la tira tomando el sol con los senos (aparentemente operados) al aire en compañía de Libertad, su amiga, quien en ese momento se encontraba exiliada en España (*Ver: ¡Hola! Agosto, vol. 6, 1981*). A partir de esa "salida del clóset" mediática, María Lavado fue captada en diferentes ámbitos; su resurgimiento comenzó cuando firmó un jugoso contrato con Hugo Pratt, quien la dejó hacer lo que quisiera con su personaje Corto Maltesse, para el episodio "Tulipanes marroquíes". María, vuelta a ser Mafalda, mayor de edad y con senos recauchados, tuvo un intenso *affair* con Corto Maltesse. Dueña de su libertad y lejos de Buenos Aires, donde se encontraba su padre, María permaneció en España con la intención de emigrar a París, para estudiar traducción en La Sorbona y posteriormente buscar algún puesto como traductora en la ONU.

Corto Maltesse la convenció de embarcarse con él en el velero *Au revoir* al terminar la tira contratada con Hugo Pratt. Para esos años María, reconvertida en Mafalda y vuelta a ser María luego de darse cuenta que tenía identidad como una mujer común y corriente, paseó con su novio por todas las Antillas en la embarcación que zarpó de Barcelona, hizo escala en las Azores, cruzó el Atlántico y anduvo fondeando en todos los cayos y puertos disponibles de las islas del Caribe, mientras que la mirada lánguida de Mafalda sucumbía a los besos y embelesos de Corto Maltese, en una travesía amorosa que duró todo el verano y parte del otoño, donde los dos únicos tripulantes se prodigaban besos y caricias en las soledades de los parajes caribeños.

Por culpa del huracán Martin, en septiembre de ese año, Corto tuvo que vender el velero (o lo que quedaba de él) en un desguazadero y regresar a Madrid desde St. Maarten, en un vuelo nocturno de Iberia. Al regresar al continente algo se rompió en la pareja; una parte debido a que la energía y vitalidad de Corto Maltese desapareció, se desdibujó de manera tal, que Hugo Pratt prescindió de sus servicios y lo liquidó, dicho esto de manera casi literal, en el último episodio de la tira, en el *Continente Perdido de Mú* publicado el verano siguiente. Por otro lado, Mafalda (reconvertida nuevamente en María) se dio cuenta de que presentaba un estado de gravidez avanzado. Decidió escribir a su padre, en Buenos Aires pero don Joaquín Lavado ya la había olvidado; su último recuerdo quedó archivado en varios dibujos en la carpeta Manfield; Quino estaba embarcado en otros proyectos y nunca supo del embarazo de su hija.

María Lavado, flaca, ojerosa y con un hijo a bordo, decidió retomar su sueño inicial y se dirigió a París, con la intención de estudiar Traducción en la Sorbona. Sin dinero y al borde de la muerte por inanición, llegó a mendigar en la estación del metro Montparnasse, donde algunos parisinos se compadecían ante la figura de la escuálida joven embarazada y le arrojaban magras monedas que apenas completaban algunos francos. Cuando María Lavado estuvo a punto de sucumbir y darse por vencida, fue descubierta, casi sin querer, por Boogie, el aceitoso, quien paseaba por París intentando recuperar otros aires después de varias temporadas de éxito en la tira cómica. Boggie atravesaba por una racha de "hartazgo de identidad" y pidió a Fontanarrosa, su padre, un tiempo para reconsiderarse como personaje, por eso fue a pasear a Europa, para "desconectarse" del mundo donde él era el malo, el mercenario despiadado que combatió en Vietnam, el que odiaba a los negros y golpeaba mujeres. Por tal motivo, cuando Boggie vio a María, reconoció a Mafalda, aquella niña que le mostraba su padre Fontanarrosa como el gran prodigio de la tira; "No ha nacido un personaje más potente que éste", le decía. Y la vio ahí, tirada en la acera, con su pelo corto y apelmazado, con un mugriento moño que alguna vez fue celeste, con una magra panza de embarazo, extendiendo el brazo para una caridad. El cuerpo de Boggie, el aceitoso, se inclinó lo más que pudo hasta el rostro demacrado de Mafalda, y con el cigarrillo humeando en su bocaza le prometió ayudarla. Boogie la reinstaló en una buhardilla en el Barrio Latino anticipando el pago de un año; la alimentó con croissants y ácido fólico y regresó al trabajo; debutaría en la revista Proceso, en México, desde donde le enviaría giros telegráficos con parte de sus regalías para poder sostener su vida de futura madre en París.

María se recompuso pronto, parió a su hijo en un hospital de beneficencia dirigido por monjas clarisas y consiguió una beca en la Sorbona después de haber reunido cartas de recomendación y testimonios de algunos habitantes del Barrio Latino, que la recordaban por sus éxitos infantiles con su pandilla del barrio de San Telmo. Conoció también y por casualidad a Julio Cortázar, quien triste y enfermo paseaba una tarde en la Rue Martel y la confundió con La Maga, pensando que llevaba en brazos a un nuevo Rocamadour. Nació así una breve pero fructífera amistad, donde él le daba a corregir los gazapos de sus textos escritos en un español gutural. Por las noches, dejaba al hijo encargado con la *concierge* de su edificio y cantaba los tangos heredados de su madre en los cafetines de la Rue Crémieux, para recolectar algunas monedas. Cuando Madame Passepartout, la concierge, se ponía roñosa para cuidar a su hijo, lo encaramaba en una cangurera y engolaba la voz cantando *Hymne à l'amour*.

En uno de esos cafetines, la reconoció Tintín, quien ya era un hombre mayor y gordo, enfermo de una diabetes galopante. Trabaron franca amistad, sobre todo al reconocerse como prodigios infantiles de la tira cómica que ahora llevaban una vida muy común y sumamente corriente. A Tintín no le había ido nada mal en cuestiones financieras, Hergé, su padre, lo dejó forrado de regalías y le dibujó los suficientes pulóveres de rayas como para vivir sin necesitarlo. La amistad ente los dos se fue transformando a tal grado, que Tintín le pidió matrimonio al poco tiempo y se casaron al verano siguiente, en una ceremonia íntima sin acceso para la prensa en el *chateau* que habitaba a las afueras de París. Mafalda se sentía cómoda con Tintín, no existía la pasión colorida como la que hubo con Maltese, pero las charlas agradables con el gordo cachetón que la abrazaba todas las tardes frente a la chimenea mientras ella se recargaba en su pecho, sintiendo la textura suave de su jersey de rombitos, la hacían feliz. El viejo perro Milou, cada vez más gruñón y displásico, permanecía cerca de ellos hasta que el pequeño vástago de Mafalda comenzó a dar sus primeros pasos pateándole y molestándolo, haciendo de sus días de perro viejo un verdadero bochorno. Tal vez por esa razón, afirman algunos biógrafos no autorizados, Mafalda decidiría llamar Diego Armando a su hijo. Pero la vida matrimonial en el *chateau* y la atención a su hijo requerían de demasiado tiempo. María nunca terminaría de estudiar traducción y mucho menos, trabajar para la ONU. Está documentado que la esposa del cada vez más gordo, más viejo y más diabético Tintín, sostuvo largas conversaciones epistolares con su amiga de siempre, Libertad, quien enarbolaba causas independentistas en Cataluña desde hacía tiempo. En sus cartas, le contaba a su amiga que se había convertido, sin quererlo, en una ama de casa pequeñoburguesa y parisina, y se quejaba amargamente de parecerse cada vez más a Susanita.

Mientras tanto, Diego Armando crecía y cada día se parecía más a su padre, Corto Maltese, quien había desaparecido de la faz de la tierra desde que Hugo Pratt lo envió al *Continente Perdido de Mú*. Tintín, a pesar de los maltratos que, el ahora adolescente, seguía profiriendo al cada vez más viejo Milou, le tenía cariño y lo impulsaba para que fuera dibujante, mostrándole su vieja colección de historietas donde figuraban legendarias piezas de Kalimán, Mandrake y Chanoc. El gordo y amable padrastro solía decirle al bisoño que podría tener todas las de ganar como creativo de la historieta, al ser un criollo de la tira, un híbrido de la creación, podría inmiscuirse a lo más profundo del mundo del cómic. Harías pedazos a Marvel, si te lo propusieras, le decía. Pero al joven Diego Armando no le interesaba el tema, lo suyo era aporrear la batería en un grupo de *trash metal*. Mafalda, ahora conocida como *Madame Marie*, buscaba la manera de que el *chateau* estuviera mantenido de manera correcta y no faltara nada para sus habitantes, incluido el propio Tintín, quien cada vez más a menudo requería de diálisis continuas. Al poco tiempo de que Diego Armando y su grupo llamado *Les gribouillis diaboliques* incursionara en el garage del *chateau* como lugar de ensayo permanente, provocó a Tintín un derrame cerebral que lo mantuvo en estado vegetativo. Por su parte, Milou tuvo que ser sacrificado por un ataque de rabia pertinaz.

María, Mafalda o —ahora— *Madame Marie*, cuidó de Tintín hasta que las facturas de terapia intensiva del hospital se hicieron impagables y entonces, apeló a su derecho a la eutanasia con una carta dirigida al Gobierno Francés. Muy amablemente le contestaron que, como Tintín era un dibujo y su padre Hergé le había cedido los derechos a él mismo desde hacía tiempo, podía hacer lo que quisiera. Solo le pedían, muy atentamente, que fuera discreta y que la prensa no se involucrara.

Tintín fue borrado —literalmente— de este mundo en 2012. Fue entonces cuando Mafalda comenzó a pintarse el pelo de negro, de manera compulsiva, al ver que este se deslavaba por las penas o tal vez, por el mismo desgaste de la impresión. Su vida se encontraba nuevamente en un derrotero trágico que se agravaría cuando Diego Armando decidió ir al Bataclán, la noche que tocaban los *Eagles of Death Metal*, justo cuando sucedieron los atentados terroristas perpetrados por el grupo islámico ISIS. Según la agencia Associated Press, cerca de ochenta personas fueron asesinadas cuando, al menos cuatro hombres, entraron a la sala principal del teatro y dispararon durante diez a quince minutos hacia la multitud, para luego rematar a quienes aún se movían (*Ver: Le Monde.fr, 14 de noviembre de 2015*). Entre las víctimas se encontró, pero nunca se contó, al joven Diego Armando, quien vestía una chamarra de cuero con estoperoles y cuyo cadáver fue reconocido por su madre, gracias a las patillas largas y negras, tal y como las usaba Corto Maltesse. A pesar de los alegatos de Mafalda, reconvertida en *Madame Marie*, la muerte de su hijo nunca fue cuantificada por el gobierno francés, debido a que para ellos solamente era un dibujo grafiteado en la pared.

Después de la muerte de su hijo, la comunidad dibujada siempre estuvo con Mafalda; cartas, correos electrónicos y *tweets* de todo el mundo le hicieron saber que estaban con ella; Charlie Hebdo fue el primero, pero luego llegaron manifestaciones de todo tipo informándole que la comunidad estaba con ella: desde los descendientes de Tarzán, los nietos del mago Mandrake, Fantomas —que seguía vivo y libre de derechos—, todo el Libro Vaquero, además de la gran comunidad mexicana encabezada por la viuda de Chanoc, Tzecub Baloyán, Borgita, los heredros de

Kalimán (y Solín), La Familia Burrón, Los Supersabios, Los Agachados, El Policía con Moscas y el Charro Matías; los sudamericanos Condorito, Mapato, Inodoro Pereyra y hasta Boggie, el aceitoso, que reapareció pobre y olvidado, pero solidario. De los gringos; Marvel envió un telegrama (ya casi en desuso) con condolencias, Snoopy envió un *e-mail* elocuente y sentido, escrito en inglés, excusando a Charlie Brown y los demás solo emitieron un respetuoso silencio, cosa que no le extrañó a Mafalda. Sin embargo, deseaba íntimamente el contacto con su padre, por cualquier medio. Esto nunca sucedió.

Después de la muerte de su hijo y al ver las reacciones de la comunidad dibujada, Mafalda decidió volver a la escena del cómic. Fortalecida con una transfusión total de tinta negra y con un derroche de energía envidiable, trató de reencontrarse con el mundo, reorganizar a su banda, buscar a todos los chicos del barrio de San Telmo, resucitarlos y darles vida nuevamente; aún había mucho que decir. Fue así como la muerte de su padre la sorprendió en Cancún, en medio de un huracán y preparándose para una convención internacional con los dibujos mexicanos.

Se cree que María Lavado nunca pudo superar una crisis depresiva desde que Tintín se desdibujó y su hijo murió en medio del atentado sin ser reconocido como víctima. Todo esto acrecentado por la muerte de su padre. Tal vez por eso, María Lavado Merello, reconvertida nuevamente en Mafalda, decidió desdibujarse ella misma.

Sus restos permanecen en calidad de tinta desconocida.

Tanta vida yo te di

NO LO DEBÍAS QUERER TANTO, te lo dijo tu madre. Pero te enamoraste de él como una loca. Aunque tu cuerpo bullía como un nardo florecido, era más la curiosidad de descubrir el misterio de la ecuación mágica de un hombre junto a ti, y elegiste a Arturo. Desde que tus amigas te lo presentaron sabías que era Arturo Rivas Muñoz, con su copete rubio de azogue y su personalidad tan reluciente como su convertible rojo. Entonces el nardo fue abriéndose como en una película de alta velocidad, floreciendo delante de sus ojos y terminaron siendo novios y dándose un primer beso de colegiales cuando salieron de la segunda ida al cine. Comenzaste a presumirlo por todos lados y en todos los círculos, y ya entraba a tu casa a la vuelta de un mes, en el que se ganó la confianza de tu padre, quien lo invitaba a tomarse un whisky en su cantina de ganadero de bravo, en lo que te esperaba mientras tú te acicalabas de más frente a tu espejo de quinceañera. Cuando bajabas, Arturo y tú se iban a la fiesta de la noche con la venia de tu padre y la felicidad de un cuento de hadas. Y todo discurría de maravilla, lleno de rosas cada mes que cumplían de novios. Tú, endiosada y amada, estudiando la preparatoria. Él estudiando ingeniería en la mejor universidad privada y preparándose para tomar las riendas del negocio de su padre. ¿Qué podía salir mal? Te entregaste a él, ofrendándole el tesoro que tu madre siempre te dijo que guardaras hasta que Dios te diera una razón. En una excursión que te inventaste y confabulaste con tus amigas para que nadie en casa lo supiera, Arturo mandó tapizar una cama que veía al mar con pétalos de rosas pálidas, y entre besos sabor champaña fue recorriendo tu cuerpo virginal, comenzando por la uña manicurada del cordial y terminando en el recoveco más escondido del nardo florecido. Después de consagrar tu sangre a él, un bolero te recordaba el sabor que más se parecía al amor.

Pero pasaban los meses y Arturo se ponía más ausente y comenzaron a escasear las rosas por diversos motivos; que el examen, que la junta, que mi papá... que lo olvidé. Te lo tomaste con seriedad y como tu madre y las buenas costumbres mandaban: "Aguanta y dale su espacio —te decían— que al final, va a ser tu marido algún día y entonces todo va a fluir como debe de ser". Te cansaste de ver como tus compañeras comenzaban a enviar las invitaciones de sus propias bodas y de acompañar a tus mejores amigas como dama sin esperanza, en ceremonias magistrales, imaginando cómo sería la tuya con un Arturo cada vez más ausente, que, cuando se dejaba ver, era apenas el fantasma esmirriado de aquel que te llevó a escondidas a la playa.

Era tal tu aburrimiento en una de esas bodas en que Arturo pretextó algo para no ir, que decidiste dar vuelta a la página. Después de todo ya estabas estudiando una carrera mientras te casabas y el chico con el que bailabas era tan simpático, que te imaginaste cabalgando en otros territorios, llenos de humedales. Esa misma noche decidiste terminar con Arturo, cortarla por lo sano e investigar otros caminos en tu vida. Y aquella tarde que pasó por ti, cuando habías ensayado palabra por palabra tu discurso de despedida, lo encontraste desencajado a un lado del convertible con el toldo puesto. Su padre había muerto. Lo acompañaste en el trance vestida toda de negro, como una compañera ausente, como una viuda virgen. Estuviste con él todo el tiempo que te concedía, le diste besos balsámicos para que su tristeza reflotara, pero el muchacho locuaz que habías conocido estaba borrándose en grises tristes y taciturnos. Contagiada de esa abulia, tú seguiste con los planes mundanos de una vida encauzada a tu carrera, el trabajo y tus amigas y dejaste anestesiado tu nardo, dormido, exhausto, como tu relación con Arturo. Una tarde en que no pudiste más, comiendo un helado desabrido con él a bordo del convertible, dejaste que se derritiera en tu mano tu desilusión y le espetaste tu hartazgo sin energía. Arturo te escuchó, arrancó el auto y manejó hasta el cementerio donde yacía su padre. Te hizo caminar delante de él hasta la tumba mientras tú llorabas de rabia y de miedo. Cuando llegaron al mármol blanco con letras romanas con un nombre igual al de Arturo, te hizo voltear para que lo vieras apuntarse con una pistola la cabeza y te pidió que volvieras a pedirle que terminaran, para terminar definitivamente. Decidiste no voltear y corriste cuando escuchabas el disparo.

Corriste tanto que terminaste en una universidad del extranjero estudiando una maestría y así, imbuida en los libros y las técnicas, tu vida volvió a cobrar cauce. Encontraste en las nieves de otras latitudes el calor que te faltó en el trópico que dejaste. Y conociste a un eslavo enorme que era frío como un témpano pero llenó de calor tu corazón yerto. Te casaste con él en una ceremonia entre piedras y fiordos y fuiste construyendo una vida aséptica, donde todo confluía en orden y concierto, y lo único cálido era el frío cotidiano. Los años pasaron, tuviste hijos y vida de casada y días de escuela, también días de vacaciones, que te permitían llevar a tus hijos y a tu marido a conocer ese mundo tropical que una vez habitaste y les era perfectamente desconocido. Y a pesar de tus esfuerzos por reforzar referencias, terminaban regresando a los fiordos antes de lo previsto, como patos náufragos de un breve verano nórdico.

En esas soledades concurridas de viejas amistades y familia que te cobijaba el frío acumulado de tu vida en el norte, comenzaste a aventurarte de nuevo en la soledad de tu corazón, buscando respuestas para ese nardo que vivió fugaz. Tus amigas halagadas con tu presencia, te buscaban compromisos sociales con tal de estar contigo y hacerte revivir los años muertos, olvidados del pasado. Y un sábado en una boda a la que te invitaron, recordaste a Arturo, porque tal vez en ese salón pasó algo con él y esas ceremonias te remitían recuerdos, y entonces comenzó a desgranarse toda la película que tuviste archivada tantos años, porque nunca corrió el pietaje del desenlace. Y los recuerdos comenzaron a derretirse en tu mente como el helado corriendo entre tus manos húmedas de aquella tarde aciaga. Abandonaste la mesa de esa boda de extraños pretextando alguna urgencia y pediste un taxi que te llevó hasta el cementerio que comenzaba a inundarse de recuerdos. Caminaste entre las tumbas y los recuerdos de tu vida como la habías planeado, fluyeron como ríos y comenzaste a correr entre las aguas diáfanas de la memoria. Las lápidas decoradas con flores marchitas se desvanecían en el ocaso, y tú seguiste sin recordar el rumbo que siguieron tú y él todos esos años, hasta que diste con el mármol blanco, con letras romanas, con los nombres grabados en oro, donde sobresalía el más claro, el de Arturo Rivas Muñoz, y entonces te volviste a mirar a ti misma, esta vez en una toma aérea, corriendo entre los muertos, sin voltear, cuando él te apuntaba hasta tenerte a tiro. Volviste a encuadrar en primer plano su rostro, arrepintiéndose de tener en la mira tu cráneo tan amado. Y finalmente recordaste cómo caía, cómo se desplomaba entre sus propios muertos, dejándote vivir.

Nunca en el mundo

MÉRIDA, YUC. FRENTE A LA recientemente inaugurada Casa Manzanero, en el centro de esta ciudad, Braulio, un perro malix cruza de bóxer con mediopelo, dio muerte a dentellada limpia a Paquito, un gato macho de siete años, también malix, con una pinta sarda; es decir con pelos amarillos, blancos y negros. La riña había comenzado desde hacía varios días, incluso antes de la inauguración de la Casa Manzanero, realizada el pasado 17 de diciembre por el propio cantautor, tristemente fallecido a la postre y llorado amargamente por el pueblo yucateco y todos los confines del mundo musical. Algunos testigos afirman que, en los prolegómenos de la inauguración, el propio Armando Manzanero alcanzó a ver una de las corretizas de Braulio a Paquito y hasta detuvo el corte del listón de la que ahora es su casa museo, para observar la persecución. El momento no pasó a mayores y el propio astro del bolero y la música romántica, lanzó una broma a la concurrencia diciendo: "Mejor, voy a apagar la luz". Tras las risas de los concurrentes, la persecución del perro y el gato pasó al margen de la otra calle y el evento se dio con normalidad, sin saber nadie que la gran estrella de la música se contagiaría y moriría por covid-19 varios días después.

Pero el sábado pasado, alrededor de las once de la mañana, se dio una brutal conclusión entre los contendientes habituales; Braulio emboscó a Paquito cuando éste salía a su rondín matutino. El gato macho, que era afín a sus rutinas, solía visitar a una felina amiga suya, cerca de donde sucedieron los hechos fatales. Confiado, Paquito no se dio cuenta de que el malix de casi 20 kilos lo esperaba doblando la esquina y en la persecución, el misifús, un tanto avejentado y sin condición física que lo sustentara, sucumbió ante las fauces del canino. Un rastro de sangre y pellejos fueron testigos de la tragedia, sin embargo, el agresor, se mantuvo incólume en el lugar de los hechos. Huelga decir que, ante el alboroto, el ruido y la hecatombe, los parroquianos salieron a percatarse de lo sucedido y dieron cuenta a las autoridades y los dueños del perpetrador y de la víctima.

Los primeros en arribar a la escena del crimen fueron los dueños de Paquito: el señor Faustino Canché, su esposa Laura y su pequeña hijita del mismo nombre que su madre y que lloró profundamente, sosteniendo los restos de Paquito en su regazo, con las vísceras aún chorreantes de sangre. Uno de los testigos presenciales, Cutberto "N" (omitimos su identidad por razones de seguridad), quien es vendedor de marquesitas en la zona y atiende un carrito ambulante de color rojo, dio su testimonio a la familia dueña del gato, quien consternada contemplaba por un lado los despojos del felino y por el otro, al can, quien aún ostentaba rastros de sangre en los belfos. El padre de la familia afectada exigió en ese momento la reparación del daño, más moral que monetario, sin embargo, un daño al fin. A estas alturas de los acontecimientos, se había reunido una gran cantidad de mirones y curiosos, la música de la Casa Manzanero se escuchaba de fondo; cabe mencionar que en estos días de duelo por la muerte de nuestro más insigne compositor, se transmite su música las veinticuatro horas mediante unos parlantes instalados exprofeso, por lo que cuando arribó al lugar la señora Karla Aké Morales, la dueña del perro, las notas de *Te extraño* sonaban como un panegírico para quien en vida obtuviera varios premios Grammy.

Al lugar de los hechos, se apersonó la patrulla 6190 de la SSP, el comandante Gregory Puc fue informado por los testigos cuando la discusión se acaloró, no tanto por el clima, pues es invierno, sino por las discusiones entre los presentes; algunos defendían al gato muerto pero la mayoría pedía el indulto del perro.

Cuando el dueño del gato tuvo conocimiento de que la señora Aké era la dueña del perro, le exigió la suma de mil quinientos pesos para la expedita reparación del daño, a lo cual la afectada, con lágrimas en los ojos y viendo cómo su mascota era detenida por los agentes del orden, explicó que no contaba con tal cantidad de dinero, que era una mujer mayor, de la tercera edad, con una pensión mínima, y el día anterior había gastado casi todo su magro capital en sus *medecinas para la diabetis* (sic).

El señor Canché, bastante afectado por los llantos de su hijita con el vestido manchado con los despojos del gato Paquito, no aceptó el ofrecimiento de la dueña del perro agresor, quien le solicitó firmar un pagaré. Fue entonces que el comandante Gregory Puc tomó la salomónica decisión de arrestar al perro Braulio, quien fue subido a la batea de la pickup policial y comenzó a babear con ojos lánguidos, en espera de su traslado al Centro Municipal de Control Canino de esta ciudad.

Con este acto, la muchedumbre —que ya era tal y estaba del lado del perro— comenzó a imprecar en contra del comandante y uniformados que lo acompañaban. El fondo musical que provenía de la casa del otrora insigne músico tenía algo de concordancia con la turba, pues se escuchaba a Carlos Lico cantar de fondo una famosa canción de Manzanero: "No, porque tus errores me tienen cansado, porque en nuestras vidas ya todo ha pasado..."

De pronto, una marquesita de cajeta voló por los aires aterrizando en el uniforme del comandante Gregory Puc, quien amagó con usar su arma de cargo. Se escucharon algunas maledicencias al más puro estilo de la región y muchos, al ver que la situación comenzaba a salirse de control, optaron por tomar las de Villadiego y alejarse del lugar. El comandante Gregory Puc, quien afanoso se limpiaba el uniforme con rastros de marquesita, pensando que nunca en el mundo debió levantarse de la cama esa mañana, conminó a los involucrados a arreglar sus diferencias en otro sitio, abordó la patrulla y se alejó del lugar de los hechos.

Hasta el cierre de este informativo, el perro sigue en calidad de detenido con una demanda como presunto culpable de homicidio en su contra. Se desconoce cuál será su destino jurídico.

Mientras te muevas lento

Lo nuestro será delicioso; primero te comeré a besos, te diré lo hermosa que eres y lo mucho que me gustas. Extasiada, cruzarás lentamente el Rubicón de mi deseo. Cenaremos a la luz de las velas verduras salteadas y mucho vino, te daré bellotas de Nueva Zelanda y trufas piamontesas; el vino inundará tu cuerpo, te sentirás feliz. Haremos el amor entre mordiscos; paladearé tus carnes vivas, como un ostión que dejará pronto su concha. Un elixir salado me llevará a sentir lo marmoleado de tus nalgas, par de piezas deliciosas, duras, fibrosas. Tus veinte años te otorgan calidad y turgencia; un sabor caucásico aderezado con nuez. Dormiremos desnudos, satisfechos. Al tiempo tendrás resaca y habrá mucha agua para que orines y despejes tu cuerpo de ansiedades. Yo te seguiré siempre, en tu camino al baño, desnuda y apacible, como una oveja que despierta en el sueño de otro. Observaré tu carne firme como se desliza en el retrete. Podría beber todo lo que fluye de ti, pero no lo necesito, simplemente esperaré tu regreso al lecho para besarte y poseerte de nuevo, entre caricias, entre besos. Cuando el éxtasis arribe, asestaré el más filoso de todos los metales en tu nuca inmarcesible y tus ojos se pondrán en blanco, imaginando el amanecer que nunca fue, que no llegó. Pero aún olerás a vino y a trufas y tu sangre será un efluvio magnífico y entonces podré dejar que te desagües, mientras te desuello, pálida y exquisita. Tu mirada bocabajo y tu cabello rozando el suelo; los talones colgando de sendos garfios. Te desmembraré poco a poco y lavaré con agua lo que antes saboreé con mis besos. Todos tus encantos se antojarán apetitosos, aserraré la espina y mantendré alguna carne en su propio hueso y lo guardaré para hacer un caldo suculento. Lo mejor de ti está en esa grupa primorosa, que horas antes se bamboleaba al caminar. Pero tendré que dejarte marinar; el mezquite deberá estar gris, la brasa quieta. No estoy seguro si vas mejor con romero o al eneldo, entretanto te sigo deseando, cierro mis ojos y paladeo cada trozo, cada bocado, cada tarascada, hambriento de ti, mi exquisito platillo favorito.

Sibarita

Sacó del gabinete un vaso corto, pesado, de un cristal que se antojaba cortado a mano. Parecía más un diamante que un recipiente. Tomó la licorera que le hacía juego y vertió dos dedos del líquido ambarino, cuyos efluvios llegaron a su olfato como el más fino de todos los mostos escoceses.

Ahí mismo había un humidor con varios habanos de distintos tipos y tamaños. Eligió un Churchill y lo llevó a la nariz entrecerrando los ojos, como imaginando la axila de la mujer amada. Luego hizo un corte recto con la guillotina, paladeó el sabor del tabaco entre sus dientes y lo encendió con un fósforo de palo.

Armado con el vaso de whisky en la mano diestra y el cigarro ya humeante, en la siniestra, se sentó en el sofá mullido y entachuelado. Cruzó una pierna. Inhaló el tabaco puro y caribeño, y dejó que el humo se confundiera y danzara al mismo tiempo con los aromas que el primer trago del mosto dejara en su boca.

Por un instante mágico, vio cómo caía la tarde a través del ventanal y soñó con un mundo mejor y tardes como esas. Pero sabía que el vaso quedaría a la mitad y el Churchill se consumiría lento en el cenicero.

Habría que terminar lo que empezó, volver a la tarea; limpiar bien los restos de sangre, cavar hondo y lejos, y no dejar huellas evidentes para que nadie notara que Susana no había regresado.

Epopeya 387

UNA TARDE, BAJO LOS ÁRBOLES de mamoncillo perfumado en la plaza grande, Ulises Restrepo comía un helado con su novia, Olga Gasabón. A esa hora, en Ítaca, no se movían ni las hormigas, por el miedo simple a tatemarse por el sol de mayo. "Negra, ahora regreso, voy a Cuévano a buscar un ganado que me encargó mi papá", le dijo, y enfiló a caballo por la vereda. Cuando llegó a Cuévano y recogió el ganado, se encontró con el Turco Perea, quien le pidió: "Blanco, hazme un favor; marcha para Macondo, ve con Policarpo y cástrale este hato de novillos". La nueva encomienda le tomaría varios días, pero salir de Ítaca le hacía sentir que navegaba fuera de los mares del fastidio y el sopor.

En la polvareda del mercado, Ulises castró y entrego a Policarpo el hato, quien lo recibió con rastros de lujuria en el único ojo bueno que le quedaba. "Hecho el negocio, vayamos por un trago, tengo recado para ti", le dijo el tuerto. Al calor del aguardiente, Policarpo le puso enfrente un telegrama: "No vuelvas a Ítaca. Punto. Sigue de frente hasta Santa María. Punto. Embárcate a Comala. Punto. Papá". Ulises obedeció. En el camino al puerto de Santa María enfrentó una horda de mujeres sin tetas que en la noche intentaban robarse sus sueños. Apenas con rasguños, pudo treparse un domingo cualquiera a un Super Constellation de cuatro hélices y llegó a Comala justo a la hora en que las tropas de guerreros rezaban el Ángelus frente a la Catedral.

Ocupado en entelequias imposibles, Ulises soñaba con el regreso a Ítaca, pero la urgencia de sus combates en el día, lo llevaron a buscar el amor en las noches; creyó haberse enamorado de Calixta, hija de un tal Artemio Cruz. El saldo amatorio fue de diecinueve hijos varones y doce mujeres, que a la postre, le dieron ciento treinta y cinco descendientes.

Viejo y cansado de tantos devaneos, Ulises volvió a Ítaca, con los vientos perdidos de un noviembre del siguiente siglo. Cuando llegó no encontró ni a Policarpo ni al Turco Perea. Una estatua ecuestre había sido derribada en la plaza. Olga Gasabón lo miró desde la ventana de su casa, mientras terminaba de tejer una chambrita y una mariposa amarilla aleteaba febril y solitaria entre las celosías.

Överfall

En el verano de 1973, Birgitta Sörensen acudió al Kreditbanken, en Estocolmo, a efectuar un depósito. Ella era secretaria de una firma de abogados en la ciudad y habitualmente acudía a esa sucursal, situada muy cerca de su oficina y en pleno centro de la ciudad, en la calle Hötorget, a media cuadra del Konserthuset, donde tomaba clases de violonchelo al terminar las labores de la oficina. Birgitta era una valquiria rubia de 1.79 de estatura; tenía ojos azules como sus tres hermanas, su madre y su abuela, pero los suyos contenían el frío de los fiordos cuando miraba. Tenía veinticuatro años y estaba comprometida con Ake Dahlberg, un joven y exitoso corredor de bolsa, un par de años mayor que ella, con quien se casaría a principios de noviembre, teniendo así el pretexto ideal para visitar las Antillas y permanecer bronceada tres semanas, conociendo los interludios del amor y el matrimonio en un ambiente de treintaidós grados centígrados promedio.

Cuando entró a la sucursal del Kreditbanken, Birgitta iba pensando en comprar brea saliendo de ahí, para mejorar la tracción del arco de su violonchelo. No se dio cuenta de que, detrás de ella, entraban también tres sujetos que en cuestión de un minuto amagaron al único policía bancario que estaba armado solo con un tolete de madera de arce. Los asaltantes lo inmovilizaron con pistolas automáticas y metralletas, y declararon a todo pulmón que eso era un asalto; acto que debía durar un par de minutos, cosa que también especificaron voz en cuello. Por lo menos, ese era el plan.

Las cosas se complicaron; el subgerente alcanzó a llamar a la policía por medio de un timbre de seguridad debajo de su escritorio, mientras que el gerente perdía tiempo deliberadamente, intentando abrir la bóveda; todas esas escenas de western cinematográfico que Birgitta tenía frescas en su mente, pues las había visto en el cine, con su novio, una semana antes, en *Butch Cassidy & The Sundance Kid*. El robo se convirtió en secuestro cuando la valquiria rubia se percató de que su axila izquierda comenzaba a tener un aroma poco usual y cayó en cuenta de que llevaba más de doce horas dentro de la sucursal. Al principio había sudado copiosamente, al grado de pensar que expelía sangre, debido al nivel de la situación. No era una mujer temeraria pero sí valiente; no lloraba por nimiedades. Procuraba no llorar nunca y evocaba los gélidos fiordos escandinavos en sus ojos. Sin embargo, en situaciones de estrés, solía sudar como si deambulara por los trópicos. Fue entonces cuando se acercó por primera vez Marc, uno de los tres asaltantes, y le dijo en un sueco afrancesado algo acerca de sus ojos que la hizo reír. Él dejó ver una sonrisa franca, como cuando uno se enamora por primera vez.

A partir de ese momento, ella no volvió a transpirar más de lo normal en los siguientes días que duró el secuestro. Marc y sus secuaces procuraron comida y bebida a los rehenes; Birgie, como la llamó el secuestrador, fue premiada con un desodorante tipo *roll-on*, exclusivo para su aseo personal. Las negociaciones se llevaron a cabo desde el teléfono del gerente, quien colaboró con los secuestradores como si asistiera a una junta de consejo. En esos días de ocio, conversaban acerca de sus vidas y sus familias, comían pizza y sándwiches de salmón y hasta llegaron a tomar un trago de vodka, que Marc repartió a los rehenes. Una noche, Birgie soñaba que era perseguida por un monstruo mitad oso, mitad diablo, mientras ella corría desnuda entre los abetos de un bosque. Marc le acercó una manta y le tapó los pies que estaban fuera del sillón; ella despertó y se dejó acariciar la cara tiernamente por el delincuente. En ese momento, olvidó que estaba comprometida con Ake; olvidó sus planes futuros y olvidó también su violonchelo. Dejó que el secuestrador se confiara en sus caricias y cuando lo tuvo a tiro, le plantó un beso en la boca, largo, bello y pegajoso, que quedó registrado en una de las cámaras de vídeo de la sucursal.

Al sexto día, Marc y sus secuaces se rindieron. Todos los rehenes fueron liberados, sanos y salvos. El grupo de plagiados, encabezados por Birgitta, se negaron a declarar en el proceso posterior a los delincuentes.

Birgitta se casó con Ake en una ceremonia protestante en una playa de la Martinica, en noviembre; se divorciaron doce meses después. Ella volvió a casarse cinco años más tarde con un exconvicto regenerado. Como las clases de violonchelo nunca prosperaron, abandonó la música y escribió una novela a la que llamó *Stockholm syndrome*, que publicó solo en Suecia y tuvo poco éxito en las librerías.

Partículas en el aire

EL VIRUS PASÓ DE SER COVID diecinueve a veinte, luego a veintiuno y así sucesivamente hasta llegar a mutaciones infinitas de siglas y números que cambiaban de manera mecánica, según el año y cantidad de muertos. Su nombre dejó de ser importante cuando el mundo comprendió que era imborrable y por su culpa, había cambiado la historia de todo.

La población que sobrevivió a la primera oleada se acostumbró a no salir de sus casas, a sobrellevar la muerte y a vivir en la vorágine de una pandemia eterna. El mundo cambió tanto en tan poco tiempo que los gobiernos se derrumbaron, el petróleo dejó de ser importante y el dinero nunca más se vio en metálico, solo quedo el recuerdo nostálgico de los billetes y la calderilla, puesto que la transacción fue completamente virtual; las criptomonedas dejaron de ser crípticas y la negociación del trueque primario y cibernético se hizo de curso legal. Los autos se convirtieron en cacharros donde las señoras sembraban tiestos llenos de flores y en los veranos subían las fotos a internet en concursos internacionales. Los drones y otros artilugios voladores llevaban los insumos a las casas e impresoras de tercera dimensión evolucionaron a su cuarta y quinta generación, propiciando que el ama de casa produjera su propia batidora para panqués y luego de un tiempo, cuando la emoción del pastelillo horneado desaparecía, la podía reutilizar como tortilladora automática.

La muerte se convirtió en un inconveniente natural; se suspendieron los sepelios y desaparecieron las agencias funerarias, los ataúdes fueron proscritos y la industria tanatológica viró al empacado del muerto en petate: cuando un ciudadano fallecía, se contrataba diversa índole de servicios que iban desde petates naturales, hechos a mano y carísimos, hasta patrones generados en la propia impresora *tresdé* del usuario. Posteriormente el cuerpo era recogido por un dron-crematorio que esparcía las cenizas en algún repositorio destinado para tal efecto, el cual era decidido por los dolientes que lo designaban según su presupuesto; los había tradicionales y básicos; repositorios a las afueras de las ciudades donde las cenizas comunitarias se convertían en composta mejorada como alimento para la industria ganadera que aún quedaba, o los repositorios suntuosos y elegantes donde los restos del difunto eran transportados por un fantástico dron blanco, con forma de ángel ecléctico y esparcidos en una parcela marina donde crecían langostinos de colores fulminantes. Toda la ceremonia era grabada y entregada a los parientes del difunto, junto con la liturgia de la religión de su preferencia.

El Vaticano tuvo que cerrar cuando el último papa murió de soledad en la Basílica de San Pedro y los cardenales sucesorios del siguiente cónclave no pudieron llegar por falta de aviones. La iglesia se redujo a una oficina a las afueras de Roma, que repartía estampitas a los solicitantes en su sitio web. El resto de las religiones se dividieron a los fieles según el impacto de sus arengas y a la conectividad de sus usuarios.

La comida y los insumos fueron gran problema en un principio, pero con la población diezmada los años siguientes no se requirieron tantos esfuerzos; la sociedad civil cultivaba hortalizas en sus patios y azoteas y complementaba su alimentación con píldoras proteicas. Se hizo famosa la gastronomía capsularia, que podía incluir delicias locales como cápsulas de tortilla de maíz cacahuazintle o pay esponjoso de langosta del golfo.

Al estar el mundo confinado, el aire cambió y los pastos crecieron tanto, que parecía que una alfombra verde cubría el mundo; los animales pastoreaban las ciudades y veían a los humanos como en un zoológico a través de los cristales de sus casas. Ya casi no había niños, las familias iban muriendo por sus miembros más viejos y los hijos, que generalmente se quedaban en casa, haciendo trabajos legitimados por universidades que proveían títulos a distancia, se hacían viejos frente a sus monitores, viendo antiguas películas de amor, donde las parejas se besaban e intercambiaban fluidos corporales, inodoros, insípidos e inimaginables. La generación COVID, como se le llamó a la primera, se relacionaba a través de la computadora o el *device* de su elección, y según la cantidad de criptomonedas invertidas, podía hacer uso de dispositivos de diferentes sensibilidades; existían desde los más básicos que eran gratuitos con chat de voz e imagen, hasta los premium, que permitían sensaciones de cuarta dimensión y orgasmos garantizados. Las parejas o tríos, resultantes de esos escarceos cibernéticos de última generación, y con el suficiente poder adquisitivo, podían dividir sus óvulos y su semen y quedarse con el producto de su amor en partes iguales y con génesis dividida. Los dispositivos encapsulaban los fluidos resultantes de las relaciones y los productos: niño, niña o niñe, eran entregados después de nueve meses a cada uno de los interesados en su domicilio. La vida entonces fluyó, pendiente de la corriente eléctrica, la energía renovable y las partículas en el aire. Las caricias, los besos y los abrazos, simplemente fueron cosas del pasado.

Periplo con Delia

EL PISO ERA UN CHARCO DE AGUASANGRE y en primer plano estaba la mugre de la uña del dedo medio de la mano izquierda del gordo. Todo era ambarino, como un líquido amniótico iluminado con luz neón, pero la sangre se percibía, olía a vómito rojo. Rodeé al gordo, entre el saco y la camisa teñida de sangre pude ver sus entrañas azules, de ellas comenzaban a escapar alegres pitufines. Me incliné para observarlos mejor. Uno de ellos me vio a los ojos y su mirada me incomodó. Decidí marcharme. Caminé veinticuatro kilómetros hasta la puerta de la otra habitación que estaba a tres pasos. En el quicio estaba Jim con una botella de Jack Daniel's en la mano y una sonrisa en la entrepierna. Me señaló a Delia sin dejar de sobarse la sonrisa. Estaba vestida con un uniforme de mesera con delantal, color gris Oxford, la falda era tan corta como un verano nórdico y cuando se agachaba un poco en lasciva posición, dejaba ver un liguero de encaje negro que sujetaba las medias de popotillo. Su pelo era rubio, pero no tanto, como del color de los pelos de las mazorcas, pero bien peinado, sedoso, caracoleaba, flotaba, y las cucarachas emanaban de él, embriagadas, tirándose pedos rosas. Me di la vuelta para buscar con la mirada a Jim pero ya se había ido con los Doors, regresé la vista y las cucarachas surcaban ahora el cielo del cuarto, como aviones supersónicos, dibujando trazos rosas y violetas que salían de sus culitos. Delia se acercó. Sus piernas con ligueros de popotillo hicieron *fade* a dos piernas de elefanta manchados de barro amarillo, su rostro quedó a quince centímetros del mío y vi su boca, que se abría y mostraba un color extraño. Me incliné para observarlo mejor, el color era el de la Guía Roji, entonces me metí a la oquedad abierta y comencé a buscar la Ruta 66. Cuando dejé de gatear entre las muelas picadas y la lengua resbalosa de Delia, me incorporé y elegí una de las viboritas amarillas que parecían ser caminos estatales. Levanté la vista y el desierto se desplegó ante mí. Había arena por todos lados, biznagas, el cielo azul con diamantes, una señal de curva peligrosa y el Coyote. Solo faltaba el Correcaminos. El Coyote me dijo algo en inglés y yo le contesté un escueto chingatumadre y seguí caminando. Volteé hacia arriba, el sol estaba a pleno y sus rayos eran dibujitos marca Acme. Deseé en ese momento tener una bicicleta para desplazarme más rápido. Cuando salí de la curva, María Sabina sostenía una Specialized color gambusino con ruedas todo terreno. Te la manda Carlos Castaneda, me dijo, te está esperando ya sabes dónde. Apenas acaricié el manubrio, la chamana se desvaneció, rodeada de varios niños santos en el foro de Siempre en Domingo, Raúl Velazco me dijo "aún hay más" con su estúpida sonrisa y se disolvió en blanco y negro. Yo ya iba pedaleando y las alas de la Specialized se abrieron y despegamos. Una azafata se acercó, su pelo era rubio pero no tanto, como del color de los pelos de las mazorcas pero bien peinado, sedoso, caracoleaba, flotaba. Dejé que Pegaso siguiera volando y le acepté un Jack Daniel's a Delia. Me puse a mirar por la ventanilla cómo los gorrioncillos se acercaban a comer el alpiste que Pegaso les ofrecía entre las nubes rosas y arreboladas. La música sonaba calmada desde un piano de cola. Un muchacho zarrapastroso se acercó con una lata vacía de sardinas Calmex; una ayuda para el Maestro Rachmaninov que ha caído en desgracia, me dijo. Hurgué en mi bolsa y encontré el maravedí que me había regalado el Capitán Alatriste. Lo puse en la lata de Calmex. Al sonido del metal contra el metal, Jim abrió la puerta recitando un poema de William Blake. Lo escuché atento. Al fondo te está esperando Carlos Castaneda, me dijo cuando terminó de recitar. Caminé hasta el fondo durante quinientas noches. La ruta la trazaban cucarachas que surcaban el cielo, como aviones supersónicos, dibujando trazos rosas y violetas que salían de sus culitos. En la noche número quinientos uno, Joaquín, el de Madrid y con un bombín, me preguntó cómo me había ido con la Rubia Platino. Le dije que su pelo era rubio, pero no tanto, como del color de los pelos de las mazorcas, pero bien peinado, sedoso, caracoleaba, flotaba. Me mandó a tomar por culo, encendió un faso y se marchó. El humo no me dejaba ver, cuando se disipó, Carlos Castaneda me dijo: toma esta brújula, debes de ir al norte, sigue el camino amarillo. Tu chamán se llama Joaquín Lobo.

Antología de nada

Oh, máquina de los dioses. Oh, valquirias wagnerianas. Alegres beatrices de Dante. Penélopes ensortijadas, maquiavélicos bukowskis. Esparzan luz en la tiniebla de la hoja en blanco; alejen de mí los bloqueos y la güeva enorme que atormenta mis ganas de escribir.

Quienes quiera que sean o cualquiera que sea su nombre, apiádense de este escribidor maldito, que lo único que intenta es cubrir la cifra mágica de las quinientas palabras, tapizando así su horizonte diario, su jornada de creación, su tributo literario; el diezmo miserable de un mar de sopa, anaranjado y tomatoso, donde navegan las letras de pasta, gordas de gluten, hasta los confines del plato: ahí viene la A... le sigue la E... ¿por qué diablos nunca he encontrado la eñe? He buceado en las profundidades del Knorr Suiza hasta el cansancio, sin encontrarla jamás. Denme, oh dioses, letras del Word, del QuarkXpress y de la RAE. Que San Google me ilumine y me lleve a las praderas de Faulkner o a los páramos de Martín Fierro. Sáquenme de esta pandemia dicotómica que me bota con la punta de la bota ¿Sí?, ¿por quién vota? Denme la magia del arcano y el piano de Genoveva, confúndanme con

Antonin Artaud y mátenme con Amado Nervo, aunque sea de Tepic... Evítenme el lugar común, el tiempo impreciso, la coma a destiempo. Aléjenme de la grosería y de la puta imperfecta, de la broma trillada, de la ecuación fácil. Denme un sustantivo inconmensurable, líbrenme de gazapos y de la falta ortográfica que parece un frijol en el diente. Que mi punto final sea preciso, y no me hagan escribir idioteces, como libros de autoayuda. Y hablando de mierda, permitan que mis lectores vacíen sus intestinos con una sonrisa que los haga levantarse satisfechos. Alejen de mí los bebedizos del diablo; whisky, tequila y ron, solo uno por favor. Pónganme cola en la cola, para no trabajar a destiempo y digitalicen mis dedos para escribir raudo. Que la sinapsis sea aprovechada *ipso facto*, como la chispa chismosa de la pluma glamorosa; en estos casos, manténganme borracho para aguantar la crítica de mis compañeros, que buscarán imperfecciones pasadas de tiempo, apoltronados como guardianes del centeno; buscando una mácula, un adverbio, un vocativo. Aléjenme de la soberbia de creerme Gorostiza, y no me lleven a los falsos pudores de los Fuentes, ante todo denme Paz. Si no se me ocurre nada que irrumpa en las librerías como novedad, déjenme caer en las drogas, con un buen beat. Y que Lorca me acompañe, como hijo y nieto de Camborios, a ver los toros en Sevilla.

La segunda reimpresión de
Antología de nada,
de Miguel Ignacio Miranda,
se terminó en el mes de marzo de 2022,
en Cancún, Quintana Roo.
El cuidado de la edición
estuvo a cargo de
Malix Editores.
La presente edición
consta de 100 ejemplares.